힘내지 않아도 괜찮아

고맙고
미안해
너희들 이야기를 들려줘서
내 이야기를 들어줘서

힘내지 않아도 괜찮아

길 위에 선 아이들과의 인터뷰

주원규 지음

다른

작가 직업 체험 프로그램이란?

작가 직업 체험 프로그램은 서울시 청소년상담복지센터, 경기도 인근 대안학교, 청소년 대안 교육을 운영하는 교회에서 실제로 활용하고 있는 13세~18세 청소년 대상 프로그램입니다.

◎ ○×퀴즈

다소 놀랍고 황당한 (프로그램을 진행하는) 선생님의 신변 이야기부터 작가가 하는 일까지 ○×로 맞춰봅니다. ○×퀴즈는 쉽고 가벼워서 아이들의 관심을 한데 모으는 데 효과가 있습니다.

선생님에 대해서

1. 선생님의 나이는 서른다섯 살 이상이다, 이하다.

2. 선생님이 하는 일은 소설을 쓰는 작가다, 아니다. 붕어빵을 판다.

3. 선생님은 고등학교를 졸업했다, 아니다.

4. 선생님은 중학교와 고등학교를 모두 합쳐 전교 꼴등을 세 번 차지했다, 아니다.

5. 선생님은 하루에 네 시간 이하로 일한다, 아니다.

작가에 대해서

6. 작가가 되려면 대학에서 문예창작이나 국문학을 전공해야 한다, 아니다.

7. 작가가 되려면 글을 잘 써야 한다, 아니다.

8. 작가가 되려면 한글 맞춤법을 정확히 알아야 한다, 아니다.

9. 작가는 책을 많이 읽지 않아도 된다, 아니다.

10. 작가는 머리가 나쁜 편이다, 아니다.

11. 작가는 술, 담배를 많이 하는 편이다, 아니다.

12. 작가는 암기력이 뛰어난 편이다, 아니다.

13. 작가는 대체로 스포츠를 싫어한다, 아니다.

14. 작가는 길을 잘 못 찾는다, 아니다.

15. 작가는 남성보다 여성이 많은 편이다, 아니다.

작품에 대해서

16. 스타크래프트, 리니지와 같은 게임을 만드는 데 작가가 필요하다, 아니다.

17. 회사를 다니는 데 작가가 필요하다, 아니다.

18. 작가에게 가장 필요한 것은 상상력이다, 아니다.

19. 작가는 1인 기업이다, 아니다.

20. 작가는 자기 자신을 사랑하는 사람이다, 아니다.

◎ 제시어 글쓰기

열 개 남짓한 제시어를 주고 그 제시어가 모두 들어갈 수 있는 이야기를 써보는 작업입니다. 사실 제시어로 이야기 만드는 것이 쉬운 일은 아닙니다. 하지만 아이들은 오히려 글쓰기 시간을 즐길 것입니다.

스토리텔링을 통한 문장력 훈련 테스트

외계인 → 야구 → 가방 → 학원 → 운동화 → 돼지 → 정전 → 오토바이 → 모자 → 커피 → 아이스크림 → 시계 → 스마트폰 → 코끼리 → 롤러코스터 → 야구

◎ **19년 후의 나 쓰기**

마지막으로 '19년 후의 나'를 적어봅니다. 하필 19년인 이유는 지금 열일곱, 열여섯인 아이들에게 이후 19년은 '나'의 변화와 발전이 가장 급격하면서도 깊이 있게 형성될 시간이기 때문입니다.

19년 후의 나를 구체적으로 적어보기

1. 내 얼굴은 어떻게 변했는가?

2. 여자(혹은 남자) 친구가 있는가?

3. 결혼은 했는가?

4. 결혼했다면 아이를 낳았는가?

5. 아이는 딸인가, 아들인가?

6. 19년 후의 나는 어떤 직업을 가졌는가?

7. 직장에서 직급은 무엇인가?

8. 나는 19년 동안 여행을 어디 어디 다녀왔는가?

9. 19년 후의 나에게는 새벽 두 시에도 필요하면 달려올 친구가 몇 명인가?

10. 19년 후의 '나'는 행복한가?

차례

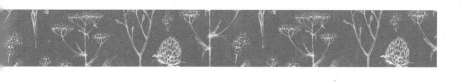

그냥 듣기로 했다

30대 중반, 첫 소설을 발표할 즈음 난 목사가 되었다. 거창한 문학적 야심도, 성직에 대한 엄숙한 열의도 없던 내게 주어진 두 가지 직업은 기쁘기는커녕 난처하기만 했다. 그것은 정신없이 닥치는 대로 살다가 얼떨결에 내 차지가 된, 제대로 각 잡고 계획한 것도 아닌 훈장이었다. 그야말로 꼰대를 상징하는 완장 같은 것.

그렇게 막연히 소설가와 목사의 이중생활을 시작한 지 얼마 안 되었을 때, 눈에 띄는 한 아이가 있었다. 그 아이의 이름은 지후. 지후였다. 본명인지 가명인지 지금도 알 수 없는 이름. 지후.

지후와의 만남은 특별하지 않았다. 나 혼자 지내던 서울 외곽의 소형 아파트 옆집에 미성년 남자애 셋이 살고 있었는데, 그 셋 중 한 아이가 지후였다. 사실 세 친구의 인상은 꽤 살벌했다. 양쪽 팔뚝과 종아리에 원색의 문신을 한가득 그려 넣었고, 주말만 되면 그 좁은 아파트에 여자 친구며, 다른 동네 친구까지 죄다 끌고 들어와 난리도 아니었다. 그래서일까. 난 그들을 슬금슬금 피해 다녔다. 학교도 다니는 것 같지 않고 밤만 되면 오토바이를 몰고 다니며 폭주를 즐기는, 솔직히 내 어릴 적 모습을 보는 것 같아 우울하고 괜히 짜증도 났던 것이다.

그런데 지후는 낮 시간에 근처 도서관에서 종종 마주쳤다. 난 따로 작업실이 없어서 소설을 쓰거나 종교 관련 글을 쓸 때 아파트 앞 구립 도서관을 즐겨 찾았는데, 이틀에 한 번 꼴로 지후와 마주친 것이다. 지후도 나도 처음엔 낯가리는 청춘 남녀처럼 서로를 모른 체했다. 그러다 몇 주가 지나자 지후와 나는 자연스럽게 말을 섞기 시작했다. 도서관 앞에 나란히 앉아 담배를 피웠고 도서관 식당 메뉴에 점수를 매겨 가며 하릴없이 시간을 때우기도 했다.

하지만 나는 지후와 알은체를 한 뒤로도 왠지 모르게 거리를 두고 있었다. 몇 살인지, 학교는 언제 그만뒀는지, 왜 그만뒀는지, 집은 언제 나왔는지, 밤마다 뭘 하고 다니는지, 무슨 생각을 하는지, 뭘 하고 싶은지. 아무것도 묻지 않았다. 그냥 밥을 먹고 책을 보다 헤어지고, 그러다 다시 만나고. 그게 전부였다.

그렇게 보름이 지났을 때였다. 무척 더운 날이었다. 그 더운 날, 지후가 나의 첫 소설책을 들고 도서관에 나타났다. 남자들 특유의 쑥스러움 가득한 표정으로 내가 앉은 자리 옆에 책을 던지듯 놓아두었다. 난 놀랐다. 지후는 내가 소설을 쓰고 있는 걸 알았던 것이다. 책 한 권, 그것도 지독히 안 팔리는 소설책을 펴낸 무명작가를 어떻게 알고? 그때 지후가 쥐 죽은 듯 조용한 열람실에서 숨죽여 말했다. 들릴 듯 말

듯한 작은 목소리였다.

"나도 이런 거…… 쓰는 거 좋아하는데……."

지후는 말하고 싶었다. 자신이 뭘 좋아하는지, 자신이 누구인지, 자신이 어떤 사람인지 말하고 싶었다. 나도 지후의 말을 듣고 싶었다. 하지만 조금만 더 미루고 싶었다. 원고를 마감하고 나서. 당장 급한 원고를 마무리한 뒤 천천히 시간을 들여 지후의 말을 다 듣고 싶었다. 그래서 지후와 약속했다. 이튿날 토요일에 다시 이곳 도서관에서 만나기로. 그때 재밌는 얘기, 속에 담아둔 얘기들을 마음껏 하기로 했다.

하지만 그 약속은 지키지 못했다. 그날 저녁, 지후가 사는 901호가 시끄러웠다. 경찰들이 오갔고, 누군가의 엄마로 보이는 중년의 여자가 오열했다. 어찌나 큰 소리로 서럽게 우는지 이제껏 한 번도 얼굴을 보지 못했던 같은 층의 사람들을 복도에서 모두 마주칠 정도였다.

그 누군가의 엄마로 보이는 여자는 지후의 엄마였다. 난 뭔가 잘못되고 있다는 느낌을 받았다. 1층에서 구급차 불빛이 번쩍거렸다. 단숨에 1층으로 뛰어 내려갔을 때, 구급차는 이미 떠나고 뒤이어 경찰차도 떠났다. 남은 건 지후 엄마의 처절한 울음소리와 지후가 오토바이 사고로 사망했다는 지후 친구들의 말소리뿐이었다.

오해가 많았다. 지후에 대해. 지후는 폭주족이 아니라 배달 아르바이트를 하느라 밤마다 오토바이를 몰았다. 가출한 게 아니라 이혼 당한 엄마를 대신해 동생들 뒷바라지를 하려고 일부러 집을 나와 있던 것이다. 토요일마다 지후의 아파트를 찾아온 여자아이들은 지후의 여자 친구들이 아니라 지후의 여동생들이었다. 그리고 지후는 소설을 쓰고 싶어 했다. 나를 찾아 도서관을 찾았던 것도 소설을 쓰려면 어떻게 해야 하는지 묻고 싶어서였다.

하지만 난 그 모든 이야기를 지후에게서 직접 듣지 못했다. 좀 더, 조금만 더 빨리 가까워졌으면 어땠을까 하는 죄책감을 지금도 지울 수 없다.

그때부터 난 듣기로 했다. 그냥 아이들의 말과 생각을 듣고, 알고 싶었다. 어떤 편견도 갖고 싶지 않았다. 무책임하게 들릴 수도 있겠지만 어떤 대책이나 방향도 제시해주고 싶지 않았다. 아이들은 대부분 답을 알고 있다. 아이들은 단지 말하고 싶은 것뿐이다. 누군가 자기 말을 들어주었으면 하는 것이다. 어떻게 아느냐고? 내가 그랬으니까. 어른의 말을 듣는 것보다 내 말을 들려주고 싶었으니까. 내가 누군가에게 토해내듯 끄집어내는 나의 이야기 속에 진짜 답이 숨어 있다고 믿으니까.

19년의 '나'

1. 목동서운 아파트 13층에 거주 1302호
2. 차는 승용차를 가지고 있음 (비싸임 가격차 X)
3. ~~튼튼한 체격과 튼튼한~~ 튼튼한 체격과 튼튼한 고데맨과 복부을 유지
4. 결혼은 한정의 아이들판들
5. 유지은 향기 냄새은 차의향을 오랫줌 그치에게서 가장 후줄하
6. 아이는 줌크리여 더 책임지고 미음이 따듯해지고 신실님이 되었다
7. 머리는 4cm 멍하 자손 여운 해제
8. 나이판은 비뚜어가고 유뷰여향은 낭쪼라 더났다

아무도 도와주지 않을 것 같아요

_ 너무 어린 엄마, 율미 이야기

2010년 청소년 대안 교육을 실천하는 영등포의 한 교회에서 직업 체험 프로그램을 하던 중 율미(17세)를 만났다. 당시 율미는 중학교 2학년 나이였지만 학교를 다니지 않았다. 율미는 초등학교를 졸업하자마자 가출해서 2년째 신도림역 근처를 배회하고 있었다. 이미 절도와 폭력으로 소년원 교정 프로그램에도 참여한 적 있다고 했다. 그래서 그런지 가까워지기까지 꽤 오랜 시간이 걸렸다. 가출한 아이라는 사실을 과시하며 "나 건드리지 마!"라는 듯, 율미의 거친 행동이 불편했다. 그것은 자기 보호 본능에서 비롯된 것 같았다.

나는 몇 번의 직업 체험 시간마다 율미와 잠시 동안이라도 이야기를 나눴다. 그러다 율미가 조금씩 마음을 열기 시작하자 직업학교에 갈 수 있는 방법을 알려주기도 했다. 하지만 율미는 직업학교에 진학

하지 않았다. 아이들 말대로 잠수를 제대로 타버린 것이다. 그때는 율미가 내 연락처를 갖고 있는 줄 몰랐다.

그렇게 반년이 지나고, 어느 날 율미가 내게 전화를 했다. 뜻밖이었다. 율미를 다시 만난 건 신도림역 근처의 햄버거 가게에서였다. 오랜만에 만난 율미의 모습은 조금 달라 보였다. 아니, 사실은 많이 달랐다. 얼굴이 통통 부었고 무엇보다 아랫배가 많이 나왔다. 복대 같은 것으로 동여맨 것 같은데도 배가 나온 것을 숨길 수 없었다.

율미는 수도 없이 망설이다 전화를 걸었다고 했다. 나 역시 다른 어른들처럼 율미에게는 경계 대상 중 하나였다. 율미는 누구도 믿지 않으려고 했다. 나는 그런 율미를 안심시키고는 반년 동안 어디서 어떻게 지냈냐고 안부를 묻는 것으로 대화를 시작했다.

주_ 아기…… 가진 거야?

율미_ 예.

주_ 몇 개월 됐어?

율미_ 7개월? 8개월? 잘 모르겠는데.

주_ 누구 아이인지 물어봐도 돼?

율미_ 몰라요. 뭐, 한둘인가.

주_ 어떻게 할 건지 물어도 돼?

율미_ 뭘요?

주_ 아이.

율미_ 어떻게 하긴 뭘 어떡해요. 낳아야죠. 그럼 죽여요? 쌤이면 그럴 거예요?

　내 물음에 율미가 화를 냈다. 그때 난 내 질문이 잘못되었다는 걸 알았다. 갑자기 율미가 잠깐 나갔다 오겠다고 했다. 나는 어정쩡하게 고개를 끄덕였다. 율미는 햄버거 가게 앞에서 한참을 서 있었다. 잠깐 율미를 따라 나갈까 생각하다가 그만두었다. 잠시 후 다시 들어온 율미에게 난 정식으로 사과했다. 나는 서둘러 화제를 바꿨다.

주_ 학교는 당분간 어렵겠구나.

율미_ 검정고시 보려구요. 그런데 솔직히 검시는 봐서 뭐할지 모르겠어요.

주_ 고등학교는 나와야지. 아님, 최소한 중학교라도.

율미_ 애를 키우려면 고등학교 나와야 돼요? 그냥 알바 하면 되잖아요.

주_ 그럴 수도 있지만 너 하고 싶은 걸 제대로 하려면 졸업장을 따야 해. 그리고 너 헤어 디자이너 하고 싶다며? 그러려면 직업학교 가서 자격증도 따야지.

율미_ 배가 아파서 잘 걷지도 못하겠어요. ×× 힘들어요.

주_ 밥은 잘 먹어? 어디서 자?

율미_ 피씨방. 밥은 거기서 컵라면.

주_ 돈은 어떻게 해결해?

율미_ 거기 남자애들이 물어다 줘요.

주_ 남자애들? 이전 팸(패밀리의 약자로 생활을 함께하는 아이들의 집단) 애들 말이야?

율미_ 걔네들하고는 벌써 끝났죠. 딴 애들이에요. 채팅해서 만나고. 거기 피씨방에서 죽때리다 만나고.

주_ 걔네들도 팸이야?

율미_ 아니에요. 걔네들은 학교 다녀요. 근처 인문계. 내신도 꽤 높대요.

주_ 걔네들이 왜 돈을 주는 거야?

율미_ 알잖아요. 알면서 왜 물어.

주_ 꼭 그래야 돼?

율미_ 알바도 못 하겠고 모텔은 비싸서 못 자겠는데 어떡해요. 먹고 잘려면 할 수 없죠.

율미가 말끝을 흐렸다. 또래 남학생들이 율미에게 돈을 주는 이유를 대충은 알 것 같았다. 더 이상 묻지 않는 게 좋을 것 같다는 생각에 난 또 다시 화제를 바꿨다.

주_ 집은? 아빠한텐 연락해봤어?

율미_ 미쳤어요!

주_ 왜? 그래도 알 건 아셔야지.

율미_ ×××. 아빠가 알면 어쩌라고요. 그 새끼도 대책 없어요. 지 몸 하나 간수 못 하는데. ×× 돈 한 푼 못 벌고 엄마랑 싸우기만

하다 내보낸 새끼가 해줄 게 뭐가 있어요.

주_ 그래도 엄마보다는 나은 거 아냐? 아빠는 그래도 너희들과 함께 있어줬잖아.

율미_ 낫긴 뭐가 나아요. 나 중학교 올라갈 때, 학교 때려치우게 하고 주유소 알바 시킨 게 그 새끼예요. 지켜준 게 뭐 있어요? 없어요. 만날 소리치고 때리기만 하고. 생간지 오래됐어요.

이후 대화가 끊어졌다. 부모 이야기가 율미를 극도로 예민하게 만들었다. 내가 화제를 잘못 선택한 모양이다. 이야기를 더 나누기 힘들었다. 나는 율미에게 미혼모 쉼터 이야기를 해주었고 연락처를 건네주었다. 그러고는 피씨방에서 나올 것을 권유했다. 하지만 율미는 피씨방을 나오면 갈 곳이 없었다. 미혼모 쉼터는 계속 있을 수 없고, 집으로 돌아가는 것도 엄두가 나지 않는 것 같았다.

결국 지인 중에 대안 교육에 뜻을 두고 계신 교사 부부의 집에서 아이를 낳을 때까지 지내도록 율미를 설득했다. 선생님들이 율미 아빠에게 당분간 연락하지 않는다는 조건이었다. 아이를 낳으면 율미 생각이 달라질 거라고 생각했다.

율미가 만삭이 되었을 때, 우리는 다시 만났다. 율미가 지내는 선생님 댁에서였다. 겨울이었고 몹시 추웠다. 율미의 표정은 얼마 전 만났을 때보다 조금 더 어두워 보였다. 심각하고 무거운 분위기였다. 그럴 수밖에 없었다. 아기 문제부터 앞으로 율미가 해결해야 할 일들이 많았기 때문이다. 생각이 많은 것 같았다. 하지만 율미가 3개월째 담배를 피우지 않았다는 말을 꺼냈을 때 난 그 아이가 무척 대견했다.

주_ 담배 끊었다며?

율미_ 세 달 넘었어요. 끝내주죠?

주_ 그래. 잘했다.

율미_ 다림이(함께 있는 선생님의 딸 이름이다. 중학생인데, 율미를 친언니
처럼 따른다고 했다) 엄마가 나가래요?

주_ 아니야. 그건 아니고. 어떻게 할지, 네 생각 좀 들을까 해서.

율미_ 아이 낳은 다음이요?

주_ 응.

율미_ 인터넷으로 알아봤는데…… 입양.

주_ 기관?

율미_ 그럼요.

주_ 그래. 그게 방법일 수 있겠다.

율미_ 솔까 말하면 아이 키우고 싶어요. 근데 아무도 도와주지 않
을 것 같아요.

주_ 혼자서 할 수 없는 게 많지.

율미_ 쌤 말이 맞아요.

주_ 무슨 말?

율미_ 중학교 중퇴한 여자애는 할 일이 없어요. 우리 엄마 때는 공
장 같은 데도 있었다고 하던데 지금은 죄다 롯데리아, 맥도날드,
아님 스타벅스 같은 데가 전부예요. 한 달에 구십도 못 벌어요.

식당은 싫고 룸은 더 싫어요. 그런데 그걸로 어떻게 애 키우고 월세 내요? 안 돼요.

말은 그렇게 하면서도 율미는 못내 아쉬워했다. 아이를 입양 보내는 것도 쉬운 결정이 아닐 것이다. 만약 율미 아빠가 이 사실을 알게 되면 어떻게 하실까. 율미가 아빠와 화해할 방법은 없을까. 난 괜스레 화가 났다. 대상도 없는 분노였다.

주_ 화 안 나?

율미_ 누구한테요?

주_ 아이 아빠한테. 너만 ×× 개고생이잖아.

율미_ 그래도 이쁘잖아요.

주_ 누가?

율미_ 애기.

주_ 태어나지도 않았는데 뭐가 이뻐?

율미_ 뱃속에서 막 움직여요. 쌤은 남자라 이해 못 해.

주_ 혹시 말이야.

율미_ 뭐요? 그때 애들한테 어떻게 당했냐고요? 그거 알아서 뭐하게요?

주_ 당했다고?

율미_ 당연한 거 아니에요? 남자애들 힘이 얼마나 센데요. 다구리나 칼 들고 까라고 하면 어쩔 수 없어요. 대줘야 돼요. ×× 그러다 재수 없으면 이렇게 딱 걸리는 거죠. 그래도 난 ×× 지울 생각 조금도 안 했어요. ×× 지울 돈도 없었지만, 그냥 낳고 싶었어요. 아무리 ×같이 살아도 그래도 한 번은 ×× 낳고 싶더라고요.

주_ 신고 안 했어?

율미_ 신고하면 나부터 달려 들어가는데 어떻게 신고해요. ×× 그냥 참는 거지 뭐.

주_ 후회는 …… 안 해?

율미_ 후회 안 해요.

주_ 그런데도 아이가 예뻐?

율미_ 그 새끼들은 그 새끼들이고 애기는 애기예요. 애기는 다 예뻐요.

주_ 입양 …… 보내고 나면 뭘 할 거야?

입양 이야기가 다시 나오자 율미의 침묵이 조금 더 길게 이어졌다. 담배를 피우고 싶어 하는 것 같아 대신 사탕을 율미의 입에 물려주었다. 그게 재밌는지 율미가 실소를 터뜨렸다.

율미_ 애기 위해서라도 잘 살고 싶어요.

주_ 어떤 게 잘 사는 건데?

율미_ 그냥 남들처럼만. 집 있고 차 있고 애 있고 남편 있고. 그냥 딱 그렇게만 살고 싶어요. 근데 그게 ××××어려워요. 재수 없어.

주_ 어려울 거 없어. 지금처럼만 하면 돼.

율미_ ×× 지금이 뭐가 좋다고. ×× 완전 ×됐는데. 잘못하면 아빠 새끼한테 돌아가 뒤지게 터지게 생겼는데.

주_ 지금까지 잘 버텼잖아. 이렇게 버티면 돼. 앞으로 뭘 하든 버티면 돼.

말은 그렇게 했지만, 참 무책임했다. 어른으로서 내가 해줄 수 있는 말이나 방법이 초라하고 부끄러웠다. 사방이 꽉 막혀 보이는 율미에게 내 말은 별 도움이 안 될 것 같았다. 그때 나 자신에게 물었다. 과연 내가 율미라면, 내 말대로 버틸 수 있을까. 그러고 보니 율미가 참 대단해 보였다.

그 뒤 반년 후, 다시 율미를 만났다. 다시 만난 율미는 직업학교에 들어가 있었다. 원래 꿈인 헤어 디자이너가 되기 위해 전공도 피부 미용을 선택했다. 집에도 들어갔다. 율미 아빠가 대장암에 걸렸다고 했다. 아픈 아빠의 병 수발 드느라 고생이겠다는 내 걱정과 달리 율미는 오히려 잘됐다고 했다. 암에 걸리니 아빠가 더 이상 술도 안 마시고 때리지도 않는다며, 다행이라는 것이다.

우리는 약속이나 한 듯이 아기에 대해서는 아무 말도 하지 않았다. 나는 묻지 못했고 율미도 말하지 않았다. 난 이미 율미를 돌봐주시던 선생님을 통해 율미가 한 달 정도 미혼모 시설에 있다가 아이를 입양 기관에 위탁했다는 말을 들었다. 반년이나 지났지만 여전히 아이가 보고 싶은 모양이었다. 율미의 얼굴에 거둬낼 수 없는 그늘이 드리워져 있었다.

그런데 신기했다. 헤어질 때 율미가 내 어깨를 두드리며 기운 내라고 말했다. 세상 고민 다 짊어진 것 같다며 인생 재밌게 살라는 것이다. 난 그런 율미를 보며 확신했다. 버티는 것. 있는 그대로, 당장은 아무것도 변하지 않고 세상 뭣 같아도 버티는 것. 그렇게 기를 쓰고 버티다 보면 '19년 후의 나'가 꿈꾸던 대로 이루어질 수 있을 것이라고. 율미가 내게 가르쳐준 것 같았다.

율미는 현재 직업학교를 졸업하고 헤어 디자이너 보조로 일하고 있다. 몇 달 전, 나는 율미를 만나기 위해 미용실을 찾았다. 율미에게 먼저 전화를 했는데, 아직은 커트할 수준이 못 된다며 부끄러워했고, 난 그냥 얼굴만 보자고 했다.

화요일 오전이었는데도 미용실은 꽤 많은 사람들로 붐볐다. 율미는 건강해 보였다. 아이 엄마라는 생각이 전혀 들지 않을 정도로 어려 보이기도 했다. 율미가 애써 내 자리로 다가왔고, 머리를 감겨주겠다고 했다. 아직은 샴푸밖에 못 한다며 쑥스러워하는 율미의 모습에 가슴이 뭉클했다.

아줌마 고객들 속에서 바쁘게 움직이는 율미를 바라보며 난 질문했다. 앞으로 율미가 살아갈 세상은 얼마나 더 차가워질까. 하지만 밝게 웃으며 버티는 율미가 끝내 이겨내기를 기대했다.

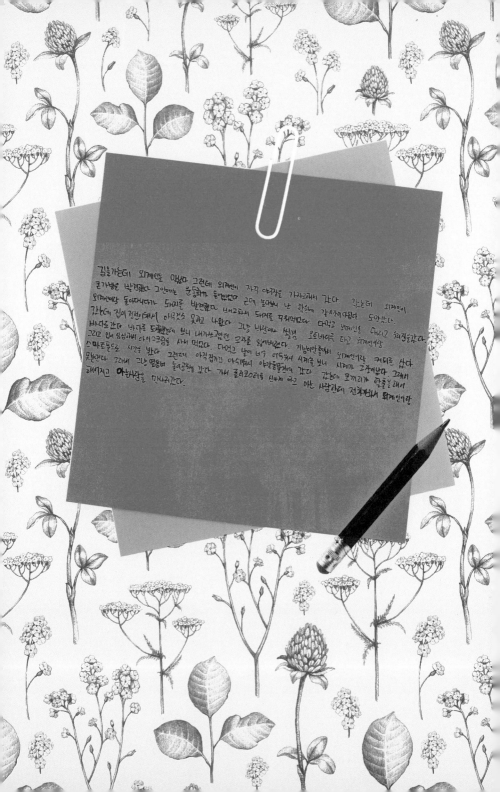

길을 가는데 외계인도 있었다 그런데 외계인이 자기 야자잘을 가자고래서 갔다 가는데 외계인이
큰 가방을 발견했다 그안에는 운동화가 들어있었다 근데 놀다보니 난 학교에 감자가게되었다 도망갔다.
외계인하고 돌아다니다가 돼지를 발견했다 버리고와서 돼지를 목쉬먹었다 더워서 외계인을 땜다 쉬러들어갔다.
갔는데 집이 전판이돼서 아무것도 못하고 나왔다 그냥 바닥에다 벌벌 오토바이를 타고 외계인이랑
바다로 갔다 바다로 도착했는데 보니 내가크고싶었던 모자를 잃어버렸다. 가능이안좋아서 외계인이랑 커다른 섬을
그리고 외계인성이 아이스크림을 사서 먹었다. 더웠고 날이 너무 더워서 시계를 보니 시계가 고장이났다 그래서
스마트폰으로 시간을 봤다 그런지 아직 낮에 아시워서 야구를할건데 갔다 갔는데 코끼리가 탈출을해서
못봤다 그래서 그냥 멍둥비 들으공원을 갔다 가서 플레오르디를 신나게 타고 아는 사람한테 전쟈계서서 됐계인이랑
헤어지고 **아는사람**을 만나러갔다.

혼자 있으면 아플 일도 없으니까

_ 말 없는 소년, 민기 이야기

2013년 봄에 만난 민기(17세)는 내가 만난 아이들 중 가장 독특한 아이였다. 청소년 쉼터의 직업 체험 프로그램에서 만난 민기는 도통 말이 없었다. 프로그램이 끝난 뒤 좀 더 이야기할 기회가 있어 여러 번 말을 걸어봤지만, 민기는 여전히 말이 없었다. 커피도 사주고 밥도 사주며 대화를 시도해봤지만 돌아오는 건 묵묵부답이었다. 그래서 민기가 한창 고등학교에 다닐 나이지만 학교를 다니지 않는다는 사실도, 저렇게 말이 없지만 언어 장애가 있는 것은 아니라는 사실도 쉼터의 담당 선생님을 통해서 알았다.

그렇다고 건방지거나 무례한 아이는 아니었다. 야윈 듯 마른 체형에, 긴 앞머리로 눈을 가린 헤어스타일의 민기는 언제나 입가에 옅은 미소를 머금고 있었다. 오히려 그냥 흘려버릴 수 있는 나의 사소한 말 한마디에도 민기는 충실히 고개를 끄덕이거나 웃어주는 걸 잊지 않았다.

사실 별 대화를 나눌 수 없었던 민기에 대한 관심은 거기서 끝난 줄 알았다. 그런데 프로그램이 끝나고 한 달 뒤 민기로부터 이메일이 왔다. 프로그램이 끝날 무렵 좀 더 물어보거나 만나고 싶으면 연락하라고 내 메일 주소를 알려줬던 것이다. 민기가 이메일에 적은 내용은 민기의 인상만큼이나 단순했다.

- 만나줄래요? 내 폰 010-△△△△ - △△△△

그렇게 한 달 뒤 민기와 다시 만난 장소도 특이했다. 보통 아이들의 경우 패스트푸드점이나 커피전문점에서 만난다. 하지만 스파이가 접선하듯, 문자메시지가 오고간 끝에 민기를 만난 곳은 집이었다. 민기가 살고 있는 아파트.

민기가 가르쳐준 곳을 찾아갔을 때, 처음에 나는 약간의 오해를 했다. 민기가 적어준 주소는 대한민국 상위 1퍼센트가 산다는 강남의 중심지였기 때문이다. 하지만 민기의 집에 들어섰을 때 난 금방 생각을 고쳐먹어야 했다.

민기의 집은 열두 평 정도 되는 임대아파트였다. 영세 거주민이나 기초생활수급자들이 배정받아 입주하는 곳. 총 열 개 동의 아파트에서 임대아파트로 할애된 곳은 민기가 살고 있는 한 개 동이 전부였다.

집 안으로 들어선 뒤에도 민기는 별 다른 말을 하지 않았다. 처음엔 이것저것 캐묻던 나도 이내 말문을 닫아버렸다. 왜 오라고 했을까. 이렇게 아무 말도 안 할 거면서. 도대체 나를! 왜? 이런 생각들이 입 밖으로 튀어나오려고 했지만 애써 참았다. 그 대신 민기네 집을 찬찬히 둘러보았다.

민기네 집은 방이 한 개, 그리고 거실, 주방, 베란다가 전부였다. 방문이 약간 열려 있었는데, 안에 누가 있는 것 같았다. 내가 방 안에 있는 사람이 누구냐고 물었다. 그제야 민기가 말문을 열었다. 아주 조금, 자신의 말을 담담하게 게워내듯 끄집어냈다.

주_ 방에 누가 계셔?

민기_ 할머니.

주_ 어디…… 편찮으셔?

민기_ (고개를 끄덕인다)

주_ 어디가 아프신데?

민기_ …….

민기는 할머니가 어디가 아픈지 말하지 않았다. 나는 전기밥솥과 가스레인지가 있는 테이블 위에 한가득 쌓여 있는 약봉지들을 보며 할머니의 병세가 어떤지 짐작했다. 더욱이 손님이 찾아왔음에도 방 안에서 아무 반응도 보이지 않는 할머니의 상태가 생각 이상으로 심각할 수 있다고 느꼈다. 나는 낮은 목소리로 말을 이었다.

주_ 엄마, 아빠는?

민기_ (고개를 가로젓는다)

주_ 여기 없어?

민기_ (고개를 끄덕인다)

주_ 혹시 돌아가신 거야?

민기_ (고개를 끄덕인다)

주_ 두 분 다?

민기_ (고개를 가로젓는다)

주_ 아빠만?

민기_ (고개를 끄덕인다)

주_ 엄마는? 엄마는 같이 안 계셔?

민기_ 돈 번다고…….

돈 번다는 말과 함께 민기의 말은 다시 끊겼다. 나는 더 묻지 않았다. 그때 복도에서 소동이 벌어졌다. 나는 밖을 내다보았다. 상황이 심각해 보였다. 119요원들이 출동했고, 같은 아파트 주민들이 어슬렁거리며 민기네 바로 옆집에 모여들었다. 무슨 일일까. 모인 사람들 모두 표정이 좋지 않았지만 별 다른 말을 하지 않았다. 따라 나온 민기를 돌아봤다. 민기는 대수롭지 않다는 표정으로 날 바라봤다.

문을 닫고 들어온 나는 화제를 바꿔보았다. 지난번 프로그램을 진행했을 때 민기가 쓴 에세이 형식의 메모를 꺼내 보이며 물었다.

주_ 여기 적은 걸 보니까, 앞으로 가족 모두가 함께 살고 싶다는
소망을 적은 거야?

민기의 글에는 가족에 대한 이야기가 들어 있었다. 짧은 글이었지
만 글 속에 등장한 아빠, 엄마, 할머니, 그리고 민기는 행복하고 평범
한 가족이었다. 아빠는 큰 회사에 다니고 엄마는 집에서 밥과 요리, 청
소를 하는 전업주부이며, 할머니는 문화센터에서 취미 활동을 하며
노후를 보내는, 상상만으로도 편안함이 느껴지는 글이었다.
민기는 자신이 쓴 글인지 의심하는 눈길로 한동안 종이를 바라봤
다. 그런 민기의 얼굴엔 여느 때보다 좀 더 환한 웃음기가 서렸다. 난
계속해서 물었다.

주_ 앞으로 그렇게 살고 싶은 것일 수도 있고, 이전에 그렇게 살
았던 것일 수도 있겠네?
민기_ 아니.
주_ 응?
민기_ 한 번도 …… 그런 적 없어요.
주_ 이전에도 가족이 함께 산 적 없었어?
민기_ (고개를 끄덕인다)
주_ 그럼 앞으로 이렇게 살고 싶다는 소망을 쓴 거야?
민기_ 아니.
주_ 그래 …… 그렇구나.

한참 침묵이 흐른다. 나는 이런 식의 침묵이 꽤나 견디기 어려웠지만 민기는 익숙해 보였다. 그런데 오랜 침묵 끝에 민기가 입을 열었다. 민기 역시 또래 아이들처럼 뭔가를 말하고 싶고, 뱉어내고 싶은 충동으로 가득해 보였다. 물론 그것도 많은 말을 한 건 아니었지만 말이다.

민기_ 옆 동 애들 학교 가는 거 보며 생각했어요.
주_ 무슨 생각?
민기_ 저기 사는 애들은 다 잘살겠구나.

우리는 함께 창밖을 바라봤다. 채광을 가려버린 옆 동 건물 외벽이 눈에 들어왔다. 나는 조심스럽게 물었다.

주_ 쟤네들 짜증나?
민기_ 아니.
주_ 너도 저렇게 살고 싶어?
민기_ 아니.
주_ 그럼…… 학교는 언제 그만둔 거야?

뜬금없는 화제 전환이었다. 하지만 민기에겐 이런 돌발질문이 어울릴 것 같다는 생각이 들었다. 민기는 그래 보였다. 민기는 누군가와 말을 하고 싶어 했다. 자신의 이야기를 들려주고 싶어 했다. 내 질문에 민기는 순순히, 지금까지 나눈 대화중에 가장 빠른 속도로 반응했다.

민기_ 중학교 2학년 때.

주_ 왜 그만뒀는지 물어봐도 돼?

민기_ 별 거 없어요. 그냥.

주_ 혹시 아빠가 그때 돌아가셨어?

민기_ (고개를 끄덕인다)

주_ 그럼 그 후에는 줄곧 혼자 있었어?

민기_ 예.

주_ 하나 더 궁금한 게 있는데.

민기_ (눈을 한 번 깜빡거린다)

주_ 그때부터 혼자 있었는데, 소년원은 어떻게 들어간 거야?

나는 궁금했다. 나 역시 고등학교 때 경찰서, 구치소를 가리지 않고 들락거린 적이 있다. 그런데 그때 내렸던 결론이 '역시 친구를 잘 사귀어야 돼.'였다. 예전에는 어른들이 그런 말을 하면 그냥 자기 자식을 두둔하는 말이라고 생각했다. 내 아들은 착한데 나쁜 친구들 때문에 탈선한 거라고. 하지만 그 말을 곰곰이 생각해보니 맞는 구석이 있었다. 나쁜 친구와 어울리는 것 자체가 나쁘다기보다는 그 녀석들과 함께 시간을 보내며 하는 일이 위험한 일이라는 뜻이었다.

그런데 민기는 의외였다. 작가 체험 프로그램을 진행할 때, 나는 민기가 소년원에서 교정 프로그램을 이수했다는 걸 알고 있었다. 하지만 어떤 죄목으로 소년원에 들어갔는지 알 수 없었다. 물론 나는 민기가 무슨 잘못을 했는지 알고 싶은 게 아니었다. 단지 이렇게 순하고 말수도 적은 아이가, 중학교 2학년 때 학교를 그만둔 뒤 내내 집에서 혼자 시간을 보냈을 것 같은 민기가 무슨 이유로 소년원에 들어갔는지 궁금했다. 나쁜 친구들과 어울릴 것 같지도 않은 아이인데.

사실 민기에게 질문은 했지만 답을 들을 생각은 없었다. 그런데 의외였다. 민기는 그때 일을 무덤덤하게 이야기했다.

민기_ 절도.

주_ 응.

민기_ 뭘 훔쳤는지 안 물어요?

주_ 말해줄 거야?

민기_ (고개를 끄덕인다)

주_ 뭘 훔쳤는데?

민기_ 오토바이.

오토바이 이야기를 하며 민기는 수줍게 웃었다. 나도 따라 웃었다.

주_ 오토바이 같은 거 안 탈 것처럼 보이는데 의외네.

민기_ 기분이…….

주_ 타고 다니면 기분 좋아져?

민기_ (고개를 끄덕인다)

주_ 친구들하고 어울린 거야?

민기_ 아니.

주_ 그럼 너 혼자?

민기_ (고개를 끄덕인다)

주_ 사람들이 싫어?

민기_ 아니. 그건 아닌데.

주_ 그런데 왜 내내 혼자 있으려고 해?

민기_ 편하고…….

주_ 그리고?

민기_ 쓸쓸하니까.

주_ 쓸쓸한 게 좋아?

민기_ 응.

주_ 왜 쓸쓸한 게 좋지?

민기_ (답을 망설인다)

주_ 말해줄래? 그건 알고 싶다.

민기_ 그냥.

　그렇게 말하고 민기는 할머니가 계시는 방을 들여다봤다. 그러고는 말을 이었다. 짧지만 강한 뒷맛이 남는 한마디였다.

민기_ 혼자 있음…… 아플 일은 없으니까.

삼 개월 후 여름. 소년원 시절 민기를 돌보던 선생님으로부터 민기 할머니의 장례 소식을 들었다. 시립 화장터로 모실 것이라는 소식을 듣고 그곳을 찾았다. 민기와 엄마로 보이는 아주머니가 자리를 지키고 있었다. 그 모습을 보고 있으려니 눈물이 핑 돌았다. 서럽게 우는 엄마와 다르게 민기는 울지 않았다. 그런데 이상하게도 그 모습이 무감각해 보이지 않았다. 민기는 내가 찾아온 걸 보고도 그냥 입가에 옅은 미소만 띄웠다. 고맙다는 말도, 왜 왔냐는 말도 없었지만 난 어렴풋이나마 민기의 마음을 짐작할 수 있었다.

얼마 뒤 민기의 휴대폰으로 전화를 해봤지만 민기는 받지 않았다. 그리고 한 달 뒤, 문자 메시지 하나가 날아왔다.

– 잘 지냄.

이후 민기의 소식은 듣지 못했다. 전화도 걸어보고 몇 번 문자도 보내봤지만 연락이 닿지 않았다. 하지만 무슨 이유에선지 민기의 무소식이 불안하지 않다. 쓸쓸해 보이지만, 민기는 강한 아이라고 생각한다. 쓸쓸함과 외로움 속에서도, 자신만의 길을 찾아 남들과는 다르게 뚜벅뚜벅 걸어가고 있지 않을까. 그래서 아마 민기는 예전에 그랬던 것처럼, 몇 달 뒤, 아니 몇 년 후라도 다시 내게 연락해올 것이다. 고백하는 소년처럼 수줍지만 분명하게 '잘 지냄.'이라고.

나는 사이코패스예요

_ 위험한 엄친아, 원호 이야기

고등학교 2학년인 원호는 직업 체험 프로그램을 통해 만난 아이가 아니었다. 내가 잠깐 글쓰기 논술을 가르칠 때, 지인으로부터 소개받은 학생이었다. 원호를 비롯해 또래 남학생 다섯 명을 함께 가르쳤는데, 원호는 그 중에서도 가장 똑똑하고 이해력이 빠른 아이였다.

원호는 외국어고등학교를 다니고 있었다. 원호 부모님은 모두 서울 소재 대학의 교수로 재직 중이었다. 원호는 첫인상도, 몸에 밴 예의도 남달랐다. 한마디로 원호는 엄친아였다. 아니, 엄친아답다고 해야 할까. 이 말은 결코 비아냥거림이 아니다. 원호의 논술 실력은 그야말로 출중했다. 주어진 주제의 요지를 정확히 파악하고 주제에 부합하는 근거들을 논리적으로 제시하는 것이 마치 논술의 모범 답안을 보는 듯했다. 단어 선택에도 어색함이 없었고, 맞춤법 하나 틀리지 않았다.

나는 솔직히 부끄러웠다. 명색이 글을 쓰는 작가인데 출판사에 원고를 보내고 나면 온통 교정봐야 할 것투성이였으니까. 하지만 원호는 달랐다. 원호는 빈틈없는 아이였다.

그런데 원호가 내 관심을 끌게 된 계기가 있었다. 글쓰기 논술 수업 때 원호와 아이들에게 논술이 아닌 자유로운 글쓰기를 주문한 적이 있었다. 제시어를 주긴 했지만 꼭 제시어에 맞춰 쓸 필요는 없다고 말했다. 그때 원호가 질문했다.

원호_ 이건 꼭 해야 하는 건가요?
주_ 아니, 그런 건 아니야.
원호_ 그러니까 이건 학습 과제와는 상관없는 엑스트라네요.
주_ 그렇지. 굳이 글을 쓰지 않아도 돼.
원호_ 그럼요?
주_ 아무것도 하지 않는 건 그러니까 그림을 그려도 되고, 자유롭게 네 머릿속 생각을 적어도 되고.

다른 다섯 아이들은 나름 상상력을 발휘해 제시어 글쓰기를 했다. 하지만 원호는 글쓰기를 하지 않았다. 그토록 정밀한 논술 글쓰기를 할 정도면 에세이나 간단한 스토리텔링은 원호에게 일도 아닐 거라 생각했는데, 의외였다. 부모에게 체크받는 것과는 무관하다는 말을 들어서였을까. 원호는 글을 쓰지 않았다. 대신 낙서에 가까운 그림을 그렸다.

중심에 큰 원을 그리고 원의 내부는 텅 빈 채로 내버려 두고, 원 밖 좁은 공간에 도시의 빌딩, 공장, 집, 가게 등을 그려 넣은 그림이었다. 나는 원호의 그림을 받아보고는 한동안 생각에 잠겼다. 문외한인 내가 봐도 뭔가 석연찮은 뒷맛이 느껴지는 그림이었다. 석연찮다는 의미는 원호가 보여준 모범생의 이미지와 그림이 왠지 안 어울린다는 뜻이다. 아니, 사실은 정반대의 느낌이었다. 나는 그림을 그린 동기에 대해 알고 싶었다.

주_ 왜 원을 이렇게 크게 그렸어?

원호_ 글쎄요. 그냥 아무 생각 없이 그린 그림이에요.

주_ 그럼 …… 이건 무의식의 산물로 봐도 되는 건가?

원호_ 거창하게 말하면 그렇게 볼 수도 있겠네요.

주_ 혹시 이 그림, 다른 사람한테 공개해도 될까?

원호_ 누군데요?

주_ 내가 아는 미술치료사 선생님이 있는데, 별건 아니고 학생들의 학습심리나 정서 테스트 같은 걸 상담해주시거든.

원호_ 그림 한 장 갖고 될까요? 상담도 없이.

주_ 그렇지만 그림이 워낙 특징이 있어서 그래. 잘 그리기도 했고. 어때?

원호_ 예. 원하는 대로 하세요. 괜찮으면 결과도 말해주시고요.

주_ 시원시원해서 좋네.

'무의식의 산물'이란 표현은 꿈과 프로이트에 대한 주제로 논술 글쓰기를 할 때, 원호가 적어 넣은 답안에 있던 표현을 빌린 것이었다. 원호는 일상의 말투조차 논리적이었다. 상대의 질문을 받았을 때, 다른 아이들처럼 생각나는 대로 말하거나 본능적으로 반응하지 않았다. 언제나 한 박자 정도의 간격을 두고 난 뒤 답하는 스타일이었다.

그렇게 원호와의 첫 만남은 지나갔다. 나는 원호 부모님께 내가 뭔가를 지도할 자격이 없는 것 같다고 이야기했다. 그리고 원호의 탁월한 학업 능력을 칭찬해주었다. 그냥 입에 발린 소리가 아니라 진심이었다. 진심으로 원호는 논술 능력이 뛰어난 아이였다.

이후 난 평소 친분이 있던 미술치료사 선생님을 찾아가 원호의 그림을 보여주었다. 본래 그런 식으로 그림을 보여주는 게 맞지 않을지도 모르지만, 나는 원호의 심리를 조금이나마 알고 싶었다.

미술치료사 선생님은 그림 한 장만 갖고서 내담자의 심리 상태 전반을 아는 건 곤란하다고 했다. 그렇지만 대개의 경향에 대해선 짐작이 가능하다고 했다. 그러고는 이어진 원호의 그림에 대한 미술치료사 선생님의 평가는 충격적이었다. 원호는 감정 세계가 아예 메말라버렸을지도 모른다는 것이 그림을 본 선생님의 평가였다.

보름 후, 원호를 만난 건 스터디 룸에서였다. 미국 유학을 준비 중이던 원호가 원어민 강사와 함께 종로의 스터디 룸에서 프리토킹을 한다는 말을 들었고, 원호와 연락해 스터디가 끝난 뒤 잠시 동안 면담을 하자고 했다. 원호는 흔쾌히 응했다. 내가 만나고 싶은 이유가 자기가 그린 그림 때문이라고 하자 더욱 비상한 관심을 보였다. 원호도 아마 자신의 심리 상태를 알고 싶었던 모양이었다.

주_ 그림 말이야. 미술치료사 선생님한테 보여줬어.

원호_ 유명한 분이에요?

주_ 뭐, 나름.

원호_ 유학파인가요? 국내엔 미술치료를 제대로 가르치는 대학이나 대학원이 없다고 들었어요.

주_ 누가 그렇게 얘기해?

원호_ 아버지, 어머니가요. 두 분은 팩트만 갖고 이야기하세요.

주_ 그래. 그 선생님 유학파야.

원호_ 어디?

주_ 시카고 미술대학 미술치료 석사, 상담학 복수전공 석사.

출신 학교와 전공까지 자세히 얘기해줬더니, 원호는 그제야 안심하는 분위기였다. 그런 원호의 태도를 불쾌하게 생각할 이유는 없었다. 그만큼 자신의 그림에 대해 관심이 있다는 뜻이었다.

주_ 원호, 네 말처럼 그 선생님도 똑같은 말을 하셨어.

원호_ 뭐라 그러셨는데요?

주_ 상담 없이 그림만 갖고 심리 상태 전반을 파악하는 건 무리라고.

원호_ 그래도 경향은 알 수 있겠죠?

주_ 웅. 맞아.

원호_ 어떤 경향이라고 말씀하시던가요?

주_ 간단하게 말해도 될까.

원호_ 원하는 바예요.

주_ 감정이 없다는데.

감정이 없다는 말은 내가 좀 거칠게 표현한 부분이었다. 텅 빈 원을 설명하면서 심장의 공백 상태를 상징한다고 말한 미술치료사 선생님의 말이 워낙 뇌리에 강하게 각인된 탓에 나도 모르게 과장해서 말하고 말았다.

나는 원호의 표정을 살폈다. 행여 기분 나빠하진 않을까 걱정스러웠다. 원호 말대로, 미술치료사 선생님 말대로 그림 한 장으로 한 인격의 감정을 평가하는 건 경솔하다는 생각이 들었기 때문이다. 하지만 의외로 원호는 담담했다. 대단히 이성적인 아이라는 느낌이 들었다. 원호가 뭔가 말을 하려고 하는데, 전화 한 통이 걸려왔다. 원호의 부모님 중 한 분인 듯했다. 비록 아주 짧았지만 원호가 부모님과 통화하는 모습은 내게 아주 낯설게 보였다. 극존칭을 사용하는 원호의 통화는 달리 생각하면 지극히 사무적이라는 느낌이 들었기 때문이다.

통화를 끝낸 뒤 원호의 말이 이어졌다. 그런데 원호의 반응이 나의 예상과 전혀 달랐다. 목소리 톤이나 조리 있는 말투는 다르지 않았지만, 그 내용은 충격적이었다.

고백을 하기 전 원호는 내게 다음과 같이 요구했다. 자신이 하는 이야기를 아버지, 어머니에게는 전하지 말 것, 실명을 거론하지 말 것, 자기 이야기를 다른 사람이나 공식 매체에 소개하지 말 것. 나는 그 요구들만큼은 무슨 일이 있어도 지켜줄 수 있다고 장담했다. 그것은 진심이었다. 이 글에 등장하는 원호라는 이름은 가명이고 외고, 특목고, 자사고에 다니는 아이들이 대한민국에 만여 명은 훌쩍 뛰어넘으니까.

원호_ 나 아무래도 사이코패스 같아요.

주_ 갑자기 왜 그런 생각을 했어?

원호_ 갑자기 아니에요. 꽤 오랜 시간 분석했어요. 관련 책들도 빠짐없이 살폈어요.

주_ 책에서는 사이코패스의 정의를 뭐라고 하는데?

원호_ 여러 테스트 항목이 있어요. 그리고 그 테스트가 요구하는 기준이 바로 공감 능력 결여거든요.

주_ 원호, 네가 테스트 항목에 직접 체크해본 적 있어?

원호_ 한 주마다 정기적으로 해요.

주_ 그런데 그럴 때마다 어떻게 나오는데?

원호_ 결과가 바뀐 적 없어요. 매번 명백한 사이코패스래요.

주_ 이해하기 어렵네.

원호_ 어떤 점이요?

주_ 지금 나에게 이렇게 자신의 감정을 표현하는 것 자체는 대단한 용기가 필요한 것 아닌가? 그런데 어떻게 이게 공감 능력 결여라고 말할 수 있어?

원호_ 그 반대로 생각하면 되잖아요.

주_ 반대?

원호_ 난 지금 내 자신에 대해서도 대상화하는 데 익숙해요. 난 내가 아니에요. 그냥 나를 표현하는 하나의 도구일 뿐이죠.

주_ 그래서 지금 원호는 도구라는 건가? 원호 너를 표현하는 도구로서의 원호.

원호_ 그런데 그 원호가 사이코패스 맞아요. 확실해요.

주_ 그때 그림은 무의식중에 그린 게 확실한 거야?

원호_ 맞아요. 정말 아무 생각 없이 그렸어요. 그리고 싶은 대로요. 프로이트는 마음속에 통제되지 않는 충동이 무의식의 분출 통로라고 했어요. 그러니 정확하죠.

주_ 그런데 보통 우리가 사용하는 사이코패스란 말은 대개 부정적이지 않나?

원호_ 사이코패스는 부정적이란 말로도 표현이 부족하죠.

주_ 그렇지만 내가 본 원호는 사이코패스와는 거리가 멀어 보이는데.

원호_ 난 이중적이에요.

주_ 어떤 면이?

원호_ 나를 표현하는 도구인 원호는 항상 엄마, 아빠를 죽이려고 해요. 원호가 스무 살이 되면 둘 모두를 죽일 계획만 세우고 있죠.

처음엔 장난인 줄 알았다. 하지만 표정 하나 바뀌지 않고 여전히 논리적인 말을 이어가는 원호를 보며 난 대화를 멈추지 않았다. 설득하려는 마음보다는 현재 원호가 자신을 객관적으로 이야기하는 모습을 듣는 게 유익할 거란 판단에서였다.

주_ 그럼, 또 다른 원호는 어때? 그 반대야?

원호_ 그렇죠. 또 하나의 원호는 아주 냉정해요. 이성적이고 상황 파악이 빠르죠. 어떻게 사는 게 자본주의 사회에서 손해 보지 않고 성공할 수 있는 삶인지 통찰하고 있어요.

주_ 지금 나와 이야기하는 원호는 어떤 원호야?

원호_ 지금 말하는 원호는 두 가지 모두 아니에요. 두 개의 원호 밖에서 원호를 객관적으로 보고 있는 원호죠.

주_ 그럼, 평소에 내가 봐온 원호는 냉정하고 이성적인 원호네? 그렇지?

원호_ 그래요. 하지만 중요한 게 있어요.

주_ 그게 뭔데?

원호_ 냉정하고 이성적인 원호, 예의 바른 원호한테 내가 점점 싫증을 느낀다는 점이에요.

주_ 그래도 현실에서 원호는 이성적인 원호를 항상 선택하는 것 같은데? 아닌가?

원호_ 맞아요. 그게 손해 보지 않으니까요.

주_ 그런데 지루하다. 그 원호가?

원호_ 예. 점점. 매력을 잃어가고 있어요. 따분하고 재미없어요.

주_ 원호도 지금 객관적으로 말하고 있으니 나도 객관적으로 물어볼게. 핵심과 관계된 거야.

원호_ 원하던 바예요. 질문하세요.

주_ 만약 이 재미없는 원호가 계속 또 다른 원호, 그러니까 아버지, 어머니를 죽이고 싶은 원호를 억압한다면 어떻게 할 계획이야?

원호_ 힘을 키울 거예요.

주_ 구체적으로 어떤 힘?

원호_ 부모를 죽이고도 손해 보지 않을 수 있을 만큼 완전범죄가 가능한 힘.

주_ 그런 게 가능할까?

원호_ 책은 거짓말 안 해요. 책에 보면 진짜 범죄자는 승리자라고 기록되어 있어요.

주_ 알았어. 그럼 하나만 더 물을게.

원호_ 예.

주_ 죽이고 싶은 생각을 숨기기보다 지금처럼 솔직하게 네 자신을 드러내고 감정을 표현해볼 생각은 없어? 내 생각엔 지금 말하고 있는 원호 네 자신을 긍정한다면 충분히 가능할 것 같은데.

원호_ 아직까진 그럴 생각 없어요.

주_ 그럴 생각이 생기면?

원호_ 그땐 …… 지금처럼 선생님에게 이런 이야기를 하지 않겠죠.

주_ 왜?

원호_ 감정이 살아나면 그땐 수치스러울 테니까요. 부끄러울 거고, 죄책감도 많을 거고.

주_ 그런데 지금은 그렇지 않아?

원호_ 예. 조금도.

원호는 단호했다. 그 이상도 이하도 말하지 않았다. 난 짐작했다. 원호는 완벽한 사이코패스가 될 수 없을 거라고. 원호는 자신을 있는 그대로 말하고 싶어 하는 자신과 그런 자신을 감추려는 자신만을 갖고 있을 뿐이었다. 그리고 그것을 표현하고 싶은 감정이 살아있는 아이임을 알 수 있었다. 하지만 불안한 건 여전하다.

약속을 지키기 위해 아직까지도 원호 부모님에게는 원호의 심리에 대해 말하지 않았다. 그 사이 원호는 고3 수험 기간을 무사통과하고 누구나 선망하는 SKY 대학 중 한 곳을 선택해 들어갔다는 소식을 들었다. 난 입학 선물로 원호에게 이메일 편지를 보냈다. 이메일에는 별다른 말을 쓰지 않았다. 대신 지난 번 원호가 그린 그림에 대한 내 나름의 표현이 담긴 그림을 그린 스캔 파일을 첨부해 발송했다. 내가 그린 그림 속엔 더 이상 텅 빈 원 같은 건 없었다. 큰 원을 그렸지만, 그 안에 수많은 사람들을 그려 넣었다. 건물도 다리도 빌딩도 아파트 같은 것도 없고 오직 사람만 북적거리는, 그렇게 부딪히고 살아가며 감정을 배우고 익히는 사람들을 그렸다. 나는 그 그림이 이제 사회를 향해 첫발을 내딛는 원호에게 줄 수 있는 내 나름, 최선의 선물일 거라고 믿었다.

일 년 정도 지난 뒤, 원호는 미국 대학 어딘가에 교환학생 신분으로 유학을 갔다는 말을 들었다. 유학을 가기 전 원호가 입학한 국내 대학 역시 흔히 사람들이 정의 내리는 초일류 대학의 유망 학과였다. 보통 이런 상황이라면, 그 아이가 가는 길을 응원해주고 신뢰하는 게 정상일 텐데 난 솔직히 지금도 불안하다. 길 위에서 떠돌던 아이들, 거칠고 폭력적인 아이들에게 가졌던 불안감과는 차원이 달랐다. 근본적으로 해소되지 못한 불안의 불씨가 남아있는 느낌. 그걸 마주하지 않은 채 일류의 삶을 바라보고 나아가는 게 불안한 건지도 모른다.

3반노   1. 지방 (천안, 대구) → 대저 사투리 배우고 ^^

2. 아파트 30평

3. 164cm~165cm (구두신으면 168cm)

4. 똑같다 삐쩍말랐음

5. 결혼 안함, 연봉

6. 없음

7. 월급을 많이 받는 어딘가 (물리치료사, ~~간호사~~ 실라방당사) 연예인

8. 차있음 (아담한 차)

9. 안경

10. 성격 품어 모느겼음, 이기적인 사람

11. 없음

12. 외국 (일본, 경국, 하와이)

13. 행복함 (술 많이 벌어서)

무슨 아빠가 그래요?

_ 가족을 지키는 소녀, 보미 이야기

보미를 처음 본 건 2013년 여름. 쌍문동에 있는 교회에서였다. 교인 수가 천 명 가까이 되는 제법 큰 교회인 그곳에서는 해마다 자치단체 및 여러 복지법인과 연계해 불우 청소년들의 자활과 지원을 돕는 프로그램을 진행한다. 하지만 정작 그 프로그램, '불우 청소년 돕기 캠페인'에 참가하는 청소년들은 많지 않았다.

나는 교회나 종교 단체의 사회봉사 열의는 존중하는 편이다. 하지만 그 방법은 실망스러울 때가 많다. 불우 청소년이라니. 플래카드에서부터 '불우 청소년'이란 이름이 가슴에 못이 박히듯 아프게 와 닿는다. 그 말 속에는 이미 정상적인 청소년과 불우한 청소년을 구분하고 있다. 그런 말을 듣고도 알아서 자발적으로 프로그램에 참여하려는 아이들이 몇 명이나 된단 말인가.

2013년 여름에도 예상대로 '불우 청소년 자활 프로그램'에 참석한 청소년들은 얼마 되지 않았다. 내가 진행하던 직업 체험 프로그램에 참석한 아이들도 네 명이 고작이었다. 우습게도 그 중 세 명은 머릿수를 채우기 위해 출석한 교회 집사님, 권사님의 자녀들이었고 나머지 딱 한 명이 그들이 말하는 '불우 청소년'이었다. 그 아이가 보미였다.

처음부터 보미는 프로그램에는 별 관심이 없었다. 보미가 오직 관심을 보였던 것은 프로그램에 참여하고 난 뒤에 주는 선물이었다. 사실 열여섯 살인 보미가 좋아할 만한 선물도 아니었다. 선물이 라면 한 박스였으니까. 라면 박스는 제법 무게가 나갔다. 나는 라면 박스를 차에 싣고 보미와 함께 집까지 가져다주기로 했다.

보미네 집은 쌍문동 언덕길에 있는 반지하 방이었다. 그곳은 단독주택과 다세대주택들이 옹기종기 모여 있는 동네였다. 집 앞에 라면 박스를 내려주고 나는 보미와 연락처를 주고받았다.

그 뒤 보미에게 연락을 받은 건 한 달 뒤였다. 우리는 교회에서 만났다. 보미는 아무데서나 담배를 피웠다. 길거리에서도 담배를 피웠고 교회 청소년부 교육실 뒤편에서도 담배를 피웠다. 난 그런 보미를 막지 못했다. 보미가 자신의 이야기를 하고 싶다고 했을 때부터 보미를 막을 수 없다는 걸 알았다.

보미는 말을 빨리하는 편이었고, 또래 아이들처럼 속어와 줄임말을 많이 쓰는 편이라 알아듣기가 어려웠다. 보미의 입에서는 내내 욕이 떠나지 않았다. 그래도 나는 최선을 다해 보미의 말에 귀를 기울였다. 보미가 내게 왜 이렇게까지 강하고 독한 모습을 보여주는지 알고 싶었다. 보미가 누군가에게 열어 보이고 싶어 하는 세상이 무엇인가도 꼭 알아야 했다.

주_ 교회 프로그램 솔직히 맘에 안 들지?

보미_ 당근 썩죠. 완전 지루해. 글고 완전 재수 없어.

주_ 그런데 왜 참가했어? 지원 신청서도 네가 썼다면서?

보미_ 라면 주고 돈 주니까 참가했죠. 안 그럼 미쳤다고 시간 써요? 시간이 남아돌아.

주_ 돈도 줘?

보미_ 차비 하라고. 전도사 아저씨가.

주_ 원래 이 교회 알아?

보미_ 어렸을 때 아빠하고 몇 년 다녔죠. 아빤 ×× 지금도 교회 다녀요. 더럽게 재수 없어.

주_ 교회 다니는 게 왜 재수 없어?

보미_ ×× 지 살길만 궁리하고 나, 내 동생은 그냥 내버려 두니깐. 그니깐 재수 없죠.

주_ 아빠가 내버려 둔다고?

보미_ 그때 우리 집 봤잖아요? 그게 사람 사는 집이에요? ×× 완전 동굴이지. 거기요? 햇빛도 안 들어와요. 창문도 없어. 창문 열면 그냥 ×× 벽이야. 붉은 벽돌.

그때 잠시 이야기가 끊어졌다. 교육실 뒤편 벤치에서 이야기를 나누는 우리 둘을 발견한 남자 전도사와 잠시 실랑이를 벌여야 했기 때문이다. 보미는 나와 대화하면서도 담배를 손에서 놓지 못했고, 그 모습을 발견한 전도사가 어른이 되어 이게 뭐하는 짓이냐며 날 붙잡고 설교하려고 했다. 나는 일단 상황을 수습하기 위해 보미가 다시 담배를 피우지 않도록 지켜보겠다는 말을 반복했다. 한참 화를 내던 전도사가 떠나고 난 뒤, 보미가 기다렸다는 듯 새 담배를 입에 물었다. 난 어이가 없어 피식 웃고 하던 이야기를 계속했다.

주_ 그래도 아빠가 월세 내주고 하니까 사는 거잖아.

보미_ 월세 내가 내요. 무슨 소리예요?

주_ 네가? 어떻게?

보미_ 알바 하루에 두세 탕 뛰고 그러고 ×× 굴러다니니까 ×× 간신히 땜치는 거지.

주_ 아빠는?

보미_ 내 말이. ×× 아빠가 뭐 그래? 교회만 다니면 다야? 일요일에 교회 끝나고 나면 어디 가는 줄 알아요?

주_ 어디 가는데?

보미_ 로또방! ××!

주_ 거긴 왜? 아빠가 복권 모아?

보미_ ×× 무슨 수집가예요? 복권을 모으게. 왜 가겠어요? 로또 터뜨려서 대박 내려 그러죠.

주_ 로또 당첨 번호 발표는 토요일 아니야?

보미_ 토요일 날 꽝 되면 술 처먹고 지랄지랄 생지랄 떨고. 그러고 나서 일요일 되면 교회 가서 회개하고 곧바로 로또방으로 고고 해요. 그러면서 일주일 또 날리는 거야. ×× ××××

주_ 아빠는 무슨 일 하셔?

보미_ 일은 무슨 일이에요? 아무것도 안 해요. 그냥 백수야. 처음부터 끝까지 백수.

주_ 그래도 뭘 좀 하셨겠지. 처음부터 백수인 사람이 어디 있어?

보미_ ×× 아빤 정말 한 번도 일하는 걸 본 적 없어요. 만날 추리닝 입고 방구석에 앉아 티브이 보고 게임하고 ××× 뜨는 야동보다 그러다 저녁에 교회 가서 회개 기도하고 복권방 가서 로또 사고 항상 그랬어요. 죽는 날까지 저러고 살 거야.

주_ 아빠 당첨된 적은 있어?

보미_ ×× 대박도 아니고 작은 거라도 터지면 소원이 없겠네. 한 번도 없어요. 오만 원짜리 두 번 된 게 전부야. 미치겠어.

보미는 아빠에 대한 증오심이 넘쳐났다. 하지만 보미가 쏟아내는 증오심은 깊이가 없어 보였다. 증오와 미움이 정말 깊으면 오히려 말수가 줄어들기 마련이다. 그래서일까. 오히려 보미에게서 아빠에 대한 낯선 종류의 애정을 읽을 수 있었다. 아빠의 무능력에 대해 말할 때마다 보미의 표정에는 알 수 없는 안타까움이 묻어났다. 아마도 보미는 아빠가 그리운지 모른다. 보미가 생각하고 꿈꾸는 아빠가 지금의 아빠였으면 하는 그리움 말이다. 그렇게 현실에 대한 아쉬움이 욕과 담배와 침 뱉기로 나타나는 것 같았다. 나는 엄마에 대해 물었다.

주_ 엄마는? 엄마는 어때?

보미_ 엄마 아파요.

주_ 어디가 아프신데?

보미_ ×× 없는 것들은 꼭 허리가 아파.

주_ 허리가 많이 아프셔?

보미_ 처음에는 파스 붙이고. 그러다 약 먹고 그러다 주사 맞더니 작년부터인가…….

주_ 작년부터 어떻게 됐는데?

보미_ 맛 갔어요. 119가 끌고 갔어.

주_ 그래서? 수술했어?

보미_ 수술은 했죠. 죽진 않는데요. 죽지는 않는데 일할 생각은 꿈도 꾸지 말래요.

주_ 지금은?

보미_ 그냥 누워 있어요. ×× 한번 상상해볼래요?

주_ 뭘?

보미_ 코딱지만 한 지하 방에 다 큰 딸 옆에 아빠 누워 있고 그 옆에 엄마 엎드려 있고 게다가 ×× 애기 징징거리고.

주_ 아기? 무슨 아기?

아기 이야기는 처음 들었다. 열여섯 살 보미와 함께 사는 아기라면 도대체 어떤 관계일까. 다행히 보미는 말하고 싶어 견딜 수 없어 하는 아이였다. 다행이라고 생각했다. 보미는 자기 이야기를 하면서 쌓여 있던 화를 푸는 것 같았다. 상황만 보면 전혀 출구가 없어 보이는데, 그렇게 막막한 현실 얘기를 풀어내면서도 말하는 내내 보미의 눈빛에는 생기가 돌았다. 마치 남 이야기하는 것처럼 자기 이야기를 꺼내는 보미는 이미 자기 문제의 답을 알고 있는 것 같았다.

보미_ 몰랐어요? 우리 집 애기 있어요. 이제 막 걸어 다녀요.

주_ 몇 살인데?

보미_ 세 살.

주_ 누구 애야?

보미_ 누구긴요. 내 동생이에요.

주_ 동생?

보미_ ×× ×× 웃기죠? 그 좁아터진 방에서 그 아픈 몸들을 이끌고 언제 그랬대. ××.

주_ 그거야 뭐 그럴 수도 있지.

보미_ 그래도 골 때리는 건 골 때리는 거예요. 안 그래요?

주_ 그럼 말이야. 그 애기.

보미_ 당근 내가 키우죠.

주_ 어떻게?

보미_ 뭐 별 거 있어요? 울면 안아주고 그래도 울면 밥 주고, 밥 안 먹으면 기저귀 갈아 끼우고 아프면 약 먹이고. 그렇게 하면 돼요.

주_ 이젠 세 살이라 좀 낫겠다.

보미_ 아니에요. 지금이 최악이에요.

주_ 왜?

보미_ 얼마나 돌아다니려고 하는데요. 한 번은 애 데리고 언덕길 나왔다가 내려오는 차에 깔려 죽을 뻔도 했어요.

주_ 어디…… 맡길 생각은 안 해봤어?

보미_ 어디요? 어린이집 같은 데요?

주_ 아니, 그런 데 말고.

충분히 생각해볼 수 있는 일이라고 생각했다. 아기 이야기는 몰랐지만 교회 전도사님을 통해 이미 전해 들은 보미네 집 사정은 보미가 말하는 것 이상으로 한계상황이었다. 교회 집사이기도 한 아빠는 단 한 번에 집안을 일으키겠다는 생각에 매일 매일을 술과 복권 사는 데 허비하고 있고, 오랫동안 가내수공업 공장에서 일하던 엄마는 허리 관절이 부러져서 대수술을 받고 누워만 있어야 하는 처지라고 했다. 그런 상황에서 아기를 키운다는 건 아무래도 불가능한 일이 아닐까.

주_ 위탁 시설 같은 데 말이야.

보미_ 고아원 말이에요?

주_ 말이 좀 그렇다. 요즘에는 고아원이란 말 잘 안 써.

보미_ 그게 그거잖아요. 그럼 영미를 고아원에 갖다 버리라고요? 미쳤어요?

주_ 갔다 버리라는 말은 아닌데.

보미_ 아빠, 엄마 살아있고 언니도 있는데, 왜 가족이 다 있는데 고아원에 맡겨요? 그건 아니죠.

보미는 다그치는 듯한 말투로 대답했다. 그 말투가 내 생각을 부끄럽게 만들었다.

주_ 그래. 그건 그렇지. 그렇지만 네가 힘들잖아.

보미_ 알바 뛰는 거 딴 애들도 다 해요. 나만 조금 더 하는 거죠.

주_ 억울하지 않아?

보미_ 뭐가요?

주_ 힘들게 벌었는데 널 위해 쓰는 게 별로 없을 거 아니야.

보미_ ×× 가족들한테 쓰는 건데 뭐가 어때서요? 쌤은 아까워요?

주_ 난 좀 억울할 것 같다.

보미_ 난 ×× 안 억울해요. 아빠가 좀 재수 없긴 해도 그것도 그래요. 취직 못하는 게 아빠 잘못은 아니잖아요?

주_ 맞는 말이야.

한차례 대화를 마치고 우리는 교회에서 차려주는 밥을 먹은 뒤, 교회에서 마련해준 라면 박스를 차에 실었다. 차를 타고 보미네 집으로 가면서 나는 보미에게 다른 질문을 했다. 그래도 물론 매번 같은 주제로 돌아오곤 했지만 말이다.

주_ 학교는 지금 쉬고 있는 거야?

보미_ 알바 때문에.

주_ 학교는 어떻게 할 생각이야?

보미_ 머리가 돌이라 검시는 자신 없고.

주_ 휴학한 거야?

보미_ 모르겠어요. 그냥 안 나가게 됐어요.

주_ 그래도 다시 다녀야지.

보미_ 맞아요. 학교는 가야죠. 나중에 동생이 뭐라 그럴 것 같아요.
고등학교도 안 나왔냐고.

주_ 알바는 어떤 거 해?

보미_ '알바천국'에 나온 거 시간 맞고 돈 많이 주면 다 해요. 영화
관 표 받는 거, 주유소, 분식집, 배달.

주_ 배달도 해? 오토바이 탈 줄 알아?

보미_ 작은 거. 그거. 뭐라고 하죠?

주_ 스쿠터.

보미_ 응. 스쿠터. 그걸로.

주_ 위험하지 않아?

보미_ 당근 위험하죠. 그래도 밤에 그거 하면 페이 ×× 세요.

주_ 그렇게 돈 벌어서 뭐 하고 싶은데?

보미_ 하긴 뭘 해요? 그냥 지금보다는 나쁘지 않게 사는 거죠.

주_ 가족들이 다 같이 모여서?

보미_ 물론.

그렇게 보미와 헤어진 뒤 반년이 지났다. 나는 보미가 다니던 학교에 복학했다는 소식을 들었다. 한 번 주고받은 통화에서 보미는 두 살이나 어린 애들과 한 교실을 쓰려니 쪽팔려서 죽겠다고 연신 죽는소리를 했다. 그래도 보미는 건강해 보였다.

보미를 보며 나는 어른들이 더 약하고 무책임하다는 생각을 했다. 나조차도 만약 내 앞에 어린 동생이 울고 있고 부모님이 모두 아파서 누워 있다면, 모두가 나만 바라본다면 어떻게 했을까. 하루에 서너 개가 넘는 알바를 하며 어떻게든 가족이 흩어지지 않고 살게 하려고 노력했을까. 문득 부끄러웠다. 열여섯밖에 안 된 보미가 대견했다.

점점 더 버티기 어려운 세상에 모든 것을 비관적으로 보기 시작한 어른들과는 또 다른 힘을 지금 아이들은 갖고 있는 것 같다. 그런 설명하기 힘든 낙관, 아이들만이 갖고 있는 에너지가 느껴져서 마음 한 구석이 든든했다.

2014년 겨울. 보미를 쌍문동 교회에서 다시 만났다. 보미는 세 살짜리 동생 영미를 데리고 교회로 나왔다. 언제나처럼 우리는 교회 청소년부 교육실 뒤편 벤치에 앉아서 이야기를 나눴다. 그런데 보미는 담배를 피우지 않았다. "담배 끊었냐?"는 물음에 확실히 고개를 끄덕이는 않았지만 보미는 다음과 같이 대답하며 말끝을 흐렸다.

"뭐, 어린 동생도 있고. 담뱃값 ×× 올라 살 돈도 없고."

그리고 이야기를 하는 도중에 보미의 새로운 관심사랄까, 꿈을 알게 되었다. 보미는 교회에서 할 수 있는 일을 하고 싶다고 했다. 교회에서 할 수 있는 일? 나와 보미는 예전에 교육실 뒤에서 한바탕 훈계를 늘어놓던 전도사 아저씨를 떠올리며 괜히 웃었다. 보미는 여전히 툴툴거렸지만 여전히 씩씩했다. 그리고 그 씩씩함 속에 살아가는 것에 대한 무한한 긍정의 힘이 느껴졌다.

누구라도 내 글을 읽어주면 좋겠어

_ 어느 별에서 온 아이, 주은이 이야기

작가 체험 프로그램은 40분에 10분씩 휴식 시간을 주니까, 모두 2시간 30분 정도 걸린다. 프로그램의 목적이 '작가 체험'이니 당연히 글을 써야 하는데, 적어도 2시간 30분 중 절반 이상의 시간 동안 글쓰기를 한다.

제대로 된 글을 써본 적이 없는 아이들이라면 두 번째 휴식 시간에 접어들면서 분위기가 엉성해지는 것이 당연하다. 일단 앉는 자세가 달라진다. 비딱하게 앉거나 아예 책상에 머리를 박고 엎드려 자기도 한다. 간혹 글쓰기에 흥미를 느끼는 아이들만 토너먼트 게임의 승자처럼 살아남아 2시간 30분의 프로그램을 완주한다.

2012년 여름에 만났던 주은이(18세)는 거의 완벽한 프로그램 완주자였다. 2시간 30분 동안 자세 한 번 흐트리지 않는 아이였다. 이제부터 제대로 웃지도 않고 표정도 없이 오직 글쓰기에만 악착같이 매달리던 주은이 이야기를 하려고 한다.

글쓰기 체험 중에 '제시어로 이야기 만들기'가 있는데, 주은이는 유독 그 글쓰기 과제에 관심을 보였다. 제시어로 이야기 만들기의 제목은 '외계인'이었다. '외계인'이란 제목과 열다섯 개의 제시어를 가지고 이야기를 꾸미는 것이 과제였다. 보통 제목과 제시어를 보고 시큰둥하게 반응하는 아이들과 달리 주은이는 유독 제목과 제시어에 관심을 가졌다. 그러고는 펜을 집어든 뒤 프로그램이 다 끝날 때까지, 아니 프로그램이 끝난 뒤에도 한참 동안 글을 써내려갔다.

이야기의 구조가 매끄러운 편은 아니었다. 하지만 상상력의 비약은 그야말로 상상을 초월했다. 무엇보다 놀라웠던 것은 주은이가 글을 써내려가는 지구력이 엄청나다는 것이었다. 주은이는 자리에서 한 번도 일어나지 않은 채 그대로 두 시간이 넘도록 꼼짝도 않고 글을 썼다. 이야기를 꾸며 가며, 한 낱말 한 낱말 볼펜으로 꾹꾹 눌러쓰는 주은이는 진지함을 넘어 글쓰기 자체를 즐기고 있는 것 같았다. 나는 그런 주은이를 프로그램에 가장 열성적으로 참여한 학생으로 선정했고, 내가 쓴 책과 내 이메일을 알려준 뒤, 필요하면 언제든지 연락하라고 했다. 프로그램을 시작하기 전 주은이의 장래희망이 작가라고 했기에 서로 나눌 만한 일이 있지 않을까, 하는 생각에서였다.

그로부터 한 달 뒤 주은이에게서 이메일이 왔다. 주은이는 카카오톡이나 페이스북을 하지 않는 나를 원시인 취급하며, 요즘 누가 이메일로 연락하느냐고 타박했고 글을 쓰고 싶은데 어떤 방법이 좋을지 물어왔다. 그렇게 이런 저런 이유로 나는 주은이와 다시 만나게 되었다.

주은이를 만난 곳은 건국대학교 근처의 햄버거 가게였다. 주은이를 만났을 때 난 깜짝 놀랐다. 주은이의 머리가 폭탄을 맞은 듯 마구잡이로 헝클어져 있고, 머리 색깔도 훨씬 더 샛노랗게 물들어 있었기 때문이다. 주은이는 내 표정에 싱겁게 반응했다.

주은이와의 대화는 처음부터 실마리를 잡기 어려웠다. 글을 잘 쓰는 법이 과연 무엇인지 나 역시 아무것도 모르는데, 뭘 어떻게 말해줘야 할지 감이 잡히지 않았다. 그런데 주은이도 내게서 글 쓰는 기술 같은 것을 배우고 싶은 눈치가 아니었다. 그래서일까. 이야기 주제는 전혀 다른 방향으로 흘러갔다.

주_ 글 쓰는 거. 언제부터 좋아했어?

주은_ 몰라요. 그냥 옛날부터.

주_ 대충 초등학교 때부터? 그렇지?

주은_ 잘 모르겠어요. 글을 쓰고 싶었는지 어땠는지.

주_ 대학을 가고 싶은 거야? 요즘 글쓰기 전형 많잖아. 수시도 많은 걸로 알고 있는데?

주은_ 문창과 같은 데 안 가고 싶어요.

주_ 왜? 특별한 이유라도 있어?

주은_ 나, 고등학교 예고 다녔거든요. 예고 문창과.

주_ 그래? 그런데 왜 과거형이야?

주은_ 예?

주_ 지금은 안 다니냐고.

주은_ 안 다녀요. 잘렸어요.

주_ 무슨 일인지 물어봐도 돼?

주은_ 그었어요.

주_ 어딜?

주은이는 테이블 위에 자신의 오른 팔목을 올려놓았다. 동맥을 그은 상처 자국이 또렷이 보였다. 그 순간 난 괜한 걸 물었다는 생각을 했다. 하지만 주은이는 담담했다. 너무 태연해서 이야기가 진짜인지, 지어서 하는 말인지 의심이 갈 정도였다.

주은_ 선생 앞에서 바로 그었어요. 그 선생님. 시를 쓰는 시인인데, ×× 충격 먹었을 거예요. 그때부터 나 학교에서 대박 레전드 또라이 됐어요. 애들도 더 이상 건드리지 않구요.

주_ 왜 그랬는데? 혼자 있는 데서 그을 수도 있었잖아.

주은_ 그러고 싶었어요. 왜냐면요. 내 말 안 믿어줬으니까.

주_ 어떤 말?

주은_ 나 …… 애들한테 ×× 밝혔거든요.

주_ 왕따 당했어?

주은_ 왕따 정도면 좋지. 아니, 왕따가 편하지. 그런 것도 아니에요.

주_ 그럼 뭐야? 괴롭힌 거야?

주은_ 머리에 불 지르고 옷 찢고, 가방에 썩은 우유 처넣고. ×× 유치하게 ×× 노는 것들한테 ×× 당했어요. 그런데 그걸 선생에게 말했거든요.

주_ 말했는데, 어떻게 됐어?

주은_ 그 시인 ××는 항상 그래요. 사이좋게 지내라고. ×× 이미 정신 나가서 답 정하고 덤벼드는 ×× ××××들과 어떻게 사이좋게 지내요? 그냥 죽으라는 소리지. 안 그래요?

주은이의 흥분은 쉽게 가라앉을 것 같지 않았다. 주은이는 보통 아이들과는 조금 다른 모습으로 분노를 표현했다. 손에 쥔 더블버거를 단숨에 입 안에 욱여넣더니 그대로 삼키듯 먹어 치웠다. 나는 심상치 않은 불안을 느꼈다. 하지만 주은이에게 부러 진정하라는 말을 꺼내지 않았다. 그 또래 아이들을 많이 봐온 나로서는 지금 주은이는 화를 참는 것보다는 분노를 표현하는 것이 필요하다고 생각했다. 나는 말없이 콜라를 한 잔 더 주문해서 주은이 앞에 갖다 놓았다. 콜라 한 잔을 다 마신 뒤에야 주은이는 분노가 가라앉는 듯했다. 하지만 얼마 안가 주은이는 자리를 박차고 일어나서 화장실로 달려갔다. 한참 뒤 주은이가 돌아왔다. 우리는 다시 대화를 이어갔다.

주_ 아이들이 왜 널 괴롭히는 것 같아?

주은_ 지네들 수준에 맞춰주지 못하니까. 지네들 수준이라는 게 너무 유치해서 말도 안 나와요. 그걸 일부러 맞춰줄 필요 없잖아요. 내 별명이 뭔 줄 알아요?

주_ 외계인?

주은_ 와. 어떻게 알았어요? 내가 말했어요?

주_ 아니. 그냥 알았어.

주은_ 어떻게요?

주_ 그냥. 글 쓸 때 알아봤어. 근데, 학교에서도 그랬어?

주은_ 입학했을 때부터.

주_ 처음부터 아이들이 널 멀리한 거야?

주은_ 아니. 자연스럽게. 난 구석 자리에 짱 박히고 지네들은 지네들끼리 몰려다니고.

주_ 외로웠겠다.

주은_ 아니. 하나도 안 외로워요.

주_ 외롭지 않다고?

주은_ 당근. 혼자 구석에 앉아 누구의 방해도 받지 않고 책 보거나 글 쓰면 마음 편해져요.

주_ 그건 그렇지. 그런 널 친구들이 가만두지 않았구나.

주은_ 그냥 딱 죽고 싶었어요. 그래서 그었어요.

주_ 그 일이 대단치 않은 건 아닌데, 그렇다고 죽을 정도의 일이었어?

주은_ 겪어보지 않으면 몰라요. 특별히 그 선생 ×× 내가 좋아하고 시집도 몇 권 사고 그랬거든요. 근데 ×× 내가 당한 거 뻔히 아는데도 모른 체하고 사이좋게 지내라는 말만 하고. 그러니까

×× 긋지. 괜히 그어요.

주_ 그래. 근데 너 괜찮니? 얼굴빛이 안 좋은데?

주은_ 사실은 나 …… 다 토해요. 먹으면.

주은이는 현재 폭식증과 거식증을 반복한다고 했다. 아이의 건강이
달린 일이라 난 좀 더 자세히 물었다.

주_ 언제부터 그런 거야?

주은_ 뭐요?

주_ 폭식증.

주은_ 학교 그만두고. 딱 찾아왔어요.

주_ 그럼 그때 프로그램 했을 때도?

주은_ 예.

주_ 먹는 게 힘든 거야. 아님, 먹는 걸 참는 게 힘든 거야?

주은_ 둘 다죠. 한 번 먹을 것에 손대면 ×× 끝장 봐요. 끝장 보고
나면 어김없이 손가락 밀어 넣고 ×× 이러다 뒈질 것 같아요.

주_ 병원은 갔어?

주은_ 약 받았는데 먹기 귀찮아서.

주_ 왜 귀찮은데?

주은_ 쌤도 약 먹는 거 귀찮지 않아요? 외계인이 무슨 약이에요.

주_ 외계인이란 별명 어떻게 생각해?

외계인이란 별명을 물었을 때, 주은이가 잠시 망설였다. 답을 망설이던 주은이를 대신해서 재차 물었다. 넘겨짚는 질문에 가까웠다.

주_ 혹시 버림받은 쓰레기로 생각하는 거 아냐?

주은_ 에이. 그 정도는 아니다.

주_ 실수로 지구에 떨어진 별은?

주은_ 그건 조금 낫네.

주_ 잘못 떨어지든 뭐하든 별은 말 그대로 별이야. 찬란히 빛나는.

주은_ 무슨 소리야?

주_ 네가 그때 쓴 글이야. 기억 안 나?

주은_ 정말? 내가 그렇게 썼어요?

주은이가 쓴 외계인 이야기에 별 이야기가 나왔다. 난 주은이가 썼던 글을 보여주었다. 주은이는 외계인을 하늘에서 잘못 떨어진 불우한 별, 하지만 찬란히 빛나는 별이라고 적었다. 주은이는 자기가 쓴 글을 한참 들여다보며 신기해했다. 한 달 전, 2시간 30분 동안 주은이는 누구도 기억해주지 않는, 자신만의 찬란한 섬에서 찬란한 별을 꿈꾸었던 것인지도 모른다.

주은이가 조금 가라앉는 모습을 보였다. 흥분해서 말을 빠르게 하는 습관도 잦아들었고, 저녁거리 삼아 갖다 놓은 감자튀김을 한 개씩 공들여 씹어 먹기도 했다.

주_ 주로 집에 있어?

주은_ 집. 아님 피씨방.

주_ 글은? 집에서 써?

주은_ 어쩌다 쓰는 거지. 거의 안 써요. 쓸 것도 별로 없어.

주_ 왜 없다고 생각해? 외계인이라면 외계의 언어가 있을 것 같
은데.

주은_ 그런 거 쓴다고 누가 읽어주기나 해요?

주_ 내가 읽었잖아. 또 앞으로 다른 사람들이 읽을 수도 있고.

주은_ 엄마도, 아빠도 안 읽는 거.

주_ 원래 작가는 가까운 사람들한텐 인정 못 받아. 내 책, 아직도
아버지는 거의 못 읽었어.

주은_ 웃기다.

주_ 글 쓰는 거. 그런 거야. 그러니까 너도 그냥 외계인 하면서 글
쓰는 게 어때? 대신 지금보다는 좀 더 많이. 좀 더 오랫동안.

주은_ 그래도.

주_ 응. 말해.

주은_ 그래도 누가 내 글 읽어줬으면 좋겠어요.

주_ 솔까말('솔직히 까놓고 말해서'의 줄임말) 하자.

주은_ 뭘요?

주_ 그 시인 선생이 네가 쓴 글 읽어줬으면 좋겠지?

주은_ 뭐 …… 그냥.

주_ 그냥. 지금 이대로 써봐. 학교며, 외계인이며, 왕따며, 뭐든 다

잊고. 그냥 써봐.

그 말은 내가 주은이한테 가장 자신 있게 해줄 수 있는 말이었다. 일단 하고 싶은 것 하기. 내가 본 주은이는 두 시간 동안 꼼짝 않고 자리에 앉아 글을 쓸 때, 가장 빛나는 눈동자를 하고 있었다. 앞으로 어떻게, 뭐가 될지, 무엇이 어떻게 변할지 아무것도 몰라도, 그래도 글을 쓰는 그 순간이 정말 행복하다면 그걸로 된 것 아닌가.

그로부터 한 달이 더 지난 뒤 주은이가 한 편의 글을 이메일로 보내왔다. 시도, 소설도, 에세이도 아닌, 아주 어정쩡한 분량의 어정쩡한 내용이 담긴 글. 제목은 2014년에 유행한 드라마 제목을 예언이라도 하듯 「별에서 온 나」였다.

2014년 여름, 주은이는 대학에 가는 대신 방송작가가 되기 위해 공중파 방송국 구성작가 보조로 일하기 시작했다. 주은이는 자신의 진로를 선택하기 전에 내게 전화를 해왔다. 방송국 구성작가, 어떻게 생각하느냐고 대뜸 물었다. 난 주은이의 질문에 한 치의 망설임도 없이 답했다.

"너 하고 싶은 걸 해."

그 뒤 주은이와 일산 방송국 근처에서 만났다. 난 점심을 먹자고 했고, 원고료도 받은 상황이라 근처 맛집에라도 데려갈 생각이었다. 그런데 주은이가 선택한 곳은 방송국 구내식당이었다. 밖에 나갈 시간이 없다는 것이다.

그렇게 우리는 20분도 안 되는 시간 동안 점심을 먹었다. 밥을 먹는 내내 주은이는 대본에서 눈을 떼지 않았다. 식사 내내 눈도 몇 번 마주치지 못하는 것이 섭섭하기도 했지만 뭔가에 몰입하는 주은이의 모습이 싫지 않았다. 싫기는커녕 그저 기특했다.

《10년후의 나》
1. 어리에 사는지 = 필리핀
2. 군대는 갔는지 = 해병대
3. 결론은 했는지 = 했다
4. 부인, 맺인우 닮았는지 = 조현영
5. 직업이 무엇인지 = 양식 조리사
6. 윤탕만 것이다
7. 미국
8. 딱이 없다
9. 키는 180에 체승70발 왜는 잘생겼울 것 같아
10. 3명 친한친구
11. 폐가망신을 조심하자
12. A니 b. A7
13. 헨스
14. 세계여행
15. 센s없이 많이 논다
16. 나는 행복하다.

아빠를 죽이고 싶어

_ 엄마와의 약속을 지키려는 우림이 이야기

이번에는 두 남자아이의 이야기를 해볼까 한다. 현태와 우림이의 이야기다. 두 녀석은 절친 사이로 공통점이 많은 아이들이다. 2012년 작가 체험 프로그램을 통해 처음 그들을 만난 곳은 소년원이었다. 소년원 분위기가 많이 달라졌다고는 해도 남자 원생들만을 대상으로 하는 프로그램은 여전히 험악한 구석이 있다. 자율적인 참여를 독려해야 하는 보통의 경우와 다르게 소년원 아이들의 프로그램 참여율은 꽤 높다. 작가가 무슨 일을 하는지, 어떤 종류의 직업인지 조사하는 ○×퀴즈에서도, 제시어로 이야기를 만드는 과정에도 아이들은 한눈팔지 않고 성실하게 프로그램에 임했다. 하지만 그 모습이 자연스러워 보이진 않았다. 아무래도 엄격한 규율과 통제 속에서 이뤄지는 참여이다 보니 생각도 접근방식도 기계적인 것 같았다. 작가란 직업이 갖고 있는 특성, 그 핵심인 창의성이 발휘되긴 어려운 분위기였다. 더구나 관심의 대부분이 이종 격투기나 오토바이, 몸 만들기와 문신 같은 것이 전부인 남자아이들에게 사실 글쓰기란 여간 고역이 아니었을 것이다.

그때 만난 두 아이, 우림이와 현태가 기억에 남는 이유는 특별했다. 둘은 같은 날, 같은 죄목으로 소년원에 입소했다. 둘은 중학교를 함께 다니다가 중퇴한 뒤, 편의점이나 패스트푸드점 알바를 몇 개월 전전하다 곧바로 문래동과 당산동 일대의 성인을 대상으로 하는 대형 나이트클럽에서 일하게 되었다고 했다. 쓰레기 치우고, 실내 청소하는 등의 허드렛일부터 시작했지만 그곳 어른들이 한창 자라나는 (열일곱 우림이의 키는 180이 훌쩍 넘었고, 현태는 185는 되는 것 같았다.) 둘을 그대로 놔두지 않았던 모양이다.

처음엔 허드렛일, 그 다음엔 삐끼(거리에서 손님들을 데리고 오는 호객 행위), 그러다 나중에는 난동 부리는 취객들을 제압하는 일을 시켰다고 했다. 그러던 중 폭력 혐의에 연루되어 둘 모두 소년원에 입소하게 된 것이다.

소년원에서 프로그램을 진행한 뒤 둘을 다시 만난 건 그로부터 4개월 뒤였다. 우림이가 먼저 이메일로 연락을 해왔다. 나중에 연락하면 극장표를 선물하겠다는 내 공약을 우림이는 용케도 기억했던 것이다. 우림이를 만난 나는 우림이의 새로 사귄 여자친구와 함께 영화를 보고 패밀리 레스토랑에서 함께 저녁을 먹었다. 우림이는 패밀리 레스토랑은 태어나서 처음 와봤다며 즐거워했지만 그것도 잠시였다. 우리는 속마음을 이야기하게 되었고, 그때 우림이의 마음속에 가득 담긴 분노가 폭발하고 말았다.

우림이와 제대로 된, 그러니까 본격적인 대화가 시작된 건 식사를 끝낸 뒤였다. 우연히 가족 이야기를 묻게 되었고, 그때 우림이가 자신의 속마음을 꺼내 놓기 시작한 것이다.

주_ 검시 준비한다고?

우림_ 계속 삐끼할 순 없을 것 같고. 직훈(직업훈련원) 갈 생각도 했는데 것도 고딩이나 중졸 둘 중 아무거나 하나 있음 유리할 것 같아서.

주_ 잘 생각했네. 고교 졸업장이 있으면 좋지. 대학도 갈 수 있고.

우림_ ×× 대학은 무슨. 지금도 지겨워 죽겠는데.

주_ 도서관 다녀?

우림_ 정독. 알아?

주_ 알지. 나도 자주 가. 삼청동에 있잖아.

우림_ 잘 아네.

주_ 그나저나 공부한다고 하니 아버지가 좋아하시겠다.

어머니 이야기를 꺼내기에 앞서 아버지를 말한 건 지난번 프로그램 때 우림이의 어머니가 일찍 돌아가셨다는 말을 들었기 때문이다. 하지만 우림이가 지금 아버지와 함께 살고 있을지는 의문이었다. 아버지 이야기를 꺼낸 건 현재 우림이가 누구와, 어떻게 지내고 있는지 알고 싶어서였다. 우림이 옆에 앉아 있던 파마머리 여친은 누구와 그렇게 재밌는지 고개를 푹 숙인 채 카톡질에 여념이 없었다. 아버지 이야기가 나오자 우림이의 태도가 다소 거칠어졌다.

우림_ ×× 그 ××가 좋아하긴 뭘 좋아해. ×× 죽어야 돼. 그런 ×××는.

주_ 아버지랑 사이가 안 좋은가봐.

우림_ 죽어야 된다니까.

주_ 그만할까?

우림_ 뭘?

주_ 아빠 이야기. 별로 기분 안 좋은 것 같은데.

우림_ 괜찮아. 말해도 돼. 항상 ×같은데 뭐.

주_ 엄마 …… 돌아가셨다고 했잖아.

우림_ 응.

주_ 언제 돌아가신 거야?

우림_ 옛날에. 기억도 안 나. 한 열 살 되나.

주_ 7년 전인데 잘 몰라?

우림_ ×× ×× 기억하고 싶지 않거든. ×× ×같아서.

주_ 뭐가 그렇게 ×같은데?

우림_ 엄마. 아빠 때문에 죽었거든.

주_ 그게 무슨 말이야.

우림_ 그 ×× ××가 엄마를 아예 × 패듯 × 패버렸어. ×× 그렇게 맞고 안 뒈질 인간 있어? 사람이 뭐 물건이야? 만날 찍고 두들기게.

주_ 아빠는 뭐 하는 사람인데?

우림_ ×× 옛날엔 안산 근처에서 공장 했어.

주_ 뭐. 밀링 만들고 금형 찍는 공장?

우림_ 어떻게 알아?

주_ 저번에 대충 들었어.

우림_ ×× 그랬는데 엄마 죽고 난 다음엔 일 안 해. 지도 찔리겠지. 사람 죽이고 일하고 싶겠어?

주_ 이해가 안 돼.

우림_ 뭐가?

주_ 어떻게 경찰 조사 같은 것도 없었어?

우림_ 그런 게 어디 있어? 죽으니까 그대로 화장해서 납골당으로 가져갔는데.

주_ 그런데 확신하는구나.

우림_ 뭘?

주_ 엄마가 돌아가신 이유.

우림_ 나하고 내 동생들이 증인이야. ×× 경찰 따윈 필요 없어.

주_ 경찰이 조사 안 해줬어?

우림_ 조사는 ×× 부검도 안 했어. 엄마는 ×× 아빠한테 맞아 죽은 거야. 너무 맞으니까 도망가려고 하다가 사고 난 거라고.

약간의 과장은 있겠지만 난 우림이 엄마의 사인을 짐작하고 난 뒤여서 정황상 수긍이 되었다. 소년원 상담 기록을 보면 우림이 엄마의 사인은 교통사고로 되어있다. 엄마의 교통사고 이후 우림이 아버지는 그때 받은 충격으로 하던 일을 접고 집에 틀어박혀 술만 마셨고, 어린 동생들의 생계를 책임지기 위해 우림이가 어쩔 수 없는 선택으로 흔히 말하는 불법 알바를 하게 되었다는 것이 우림이의 폭력 사건을 상담했던 선생님이 적어놓은 기록이었다.

주_ 아빠는 충분히 괴로워하는 것 같은데.

우림_ ×× 괴로워하면 뭐해? 그런다고 뭐 달라져?

주_ 달라지진 않아도 자신의 행동을 반성한다는 뜻이잖아.

우림_ 반성하면 ×× 회사를 나가든지, 돈을 벌든지 뭐든 해야지. 뭐하는 짓이야? 집구석에 틀어박혀 술만 마시고.

주_ 아빠 …… 술 많이 마셔?

우림_ ×× 돈도 없으면서 맨날 처마셔. 것도 소주도 아니고 맥주. ×× 독일맥주. ×× 알코올 중독자가 한 캔에 5천 원 넘는 독일맥주 처먹는 건 ×× 처음 본다. 쌤도 그렇지?

주_ 난 맥주밖에 못 마셔서 그 마음 이해되긴 하는데.

우림_ ×× 지금 농담쳐?

주_ 농담은 아니고 …… 근데 동생들이 있어?

우림_ ×× 그렇게 두들겨 패면서도 할 건 다 했더라고. ×× 낳기는 지랄 맞게 많이 낳아가지고.

주_ 몇인데?

우림_ (손가락으로 세어가며) 셋.

주_ 와.

우림_ ×× 놀랍지? 나도 놀라.

주_ 몇 살들이야?

우림_ 제일 어린 게 다섯. 그 위로 일곱, 열한 살.

주_ 다 남자애들이야?

우림_ 아니. 막내는 여자. 중간 일곱 살짜리는 남자. 내 바로 동생
은 또 여자. ××××복잡해.

주_ 다섯 살짜리 동생은 유치원 다녀?

우림_ 못 가.

주_ 왜? 돈 때문에?

우림_ 그것도 그렇고 누가 데리고 가야 하는데. ×× 꼰대 ××가
아무것도 안 하고 있으니.

주_ 위로 오빠, 언니는 학교 다녀?

우림_ 열한 살짜리 애가 잘 챙겨. 둘이 알아서 가방 챙겨 가니까.
근데 요즘은 ×× 답답해요.

주_ 뭐가 답답한데?

우림_ 삐끼 나갈 땐 애들 준비물 내가 다 챙겨줬는데 ×× 이젠 백
수니 그런 게 답답해.

주_ 그래. 나도 그게 좀 묻고 싶었는데.

우림_ 뭐?

주_ 생활 말이야. 생활비 어떡해?

우림_ ×× 뭘 어떡하긴 어떡해? 이러다 모두 죽는 거지. 굶어 죽는 거야 ××.

장난처럼 툭 내던진 말인데, 난 죽는다는 우림이의 말이 왠지 섬뜩하게 느껴졌다. 우림이의 상태가 정상이 아니라는 걸 알았던 걸까. 카톡질을 계속하던 여친이 슬그머니 일어나 아예 자리를 비워버렸다. 난 이쯤에서 이야기를 멈출까 하는 생각을 해보았다. 하지만 생활에 대한 화제는 짚고 넘어가야겠기에 조심스럽게 대화를 이어갔다.

주_ 기초생활수급 신청할 수도 있어. 방법이 아예 없는 거 아니야.

우림_ 그렇잖아도 소년원에서 교정 쌤이 소개해줬어.

주_ 그래서 …… 됐어?

우림_ 아니.

주_ 왜?

우림_ ×× 아빠가 또 지랄 ×구라 치더라.

주_ 무슨 말이야?

우림_ 사회복지사가 우리 집에 찾아왔거든. 곰팡내 팍팍 나는 우리 집 딱 보니까 완전 견적 나오는 거야. 이건 아예 기초생활수급이 아니라 병원에 데려가야 할 정도란 말이지. 근데 ×× 그때 아빠 ××가 어떻게 초를 쳤는지 알아?

주_ 어떻게 초를 쳤는데?

우림_ ×× 사회복지사 온다니까 안 하던 세수하고 추리닝 벗고 양복바지 갈아입고 그러더니 뭐라는 줄 알아? 자기는 알코올 중독도 아니고 뭣도 아니래. ×× 완전히 생쇼를 하더라.

주_ 아빠가 갑자기 왜 그랬을까?

우림_ ×팔리다는 거지. 자식 ××들 건사도 못할 만큼 자기가 무능하지 않다는 거야. 그러더니 ×× 서랍에서 자격증 꺼내다가 방바닥에 쫙 펼쳐놓고 이거 봐라. 내가 맘만 먹으면 한 달에 삼백도 넘게 번다. 괜찮다. 내가 무슨 기초생활수급자냐. 나. 알코올 중독 아니다. 알코올 중독이 맥주 마시는 거 봤냐. ×× 뭐 그런 ××가 다 있어?

말해놓고도 어이가 없다는 듯 우림이는 흥분했다. 난 우림이에게 약간의 진정이 필요하다는 생각이 들어 잠시 화장실을 다녀오겠다고 했다.

2분 정도 지난 뒤 우린 다시 테이블에 앉았다. 내가 화장실을 다녀온 사이 우림이의 여친이 다시 등장했다. 마주 보고 앉았을 때, 둘에게서 약하지만 분명한 담배 냄새가 풍겼다. 난 우림이를 보며 다음과 같이 말했다. 말하지 않을 수 없었다.

주_ 아빠가 어찌됐든 해결 과제네.

우림_ 쌤. 나 괜히 아빠 죽이겠다는 거 아니야.

주_ 말해.

우림_ 아빠는 저러다간 큰일 낼 것 같아. 정말 그래. 엄마가 나랑 약속 하나만 하자 했어.

주_ 어떤 약속?

우림_ 동생들 꼭 지켜달라고. 고등학교 졸업할 때까지만 지켜달라고 했단 말이야.

주_ 엄마가 너한테?

우림_ 응. 그게 무슨 뜻이야? ×× 아빠 그 ×× 죽었다 깨나도 못 믿겠다는 거지. 나만 믿겠다는 거야.

주_ 엄마가 한 말. 일종의 유언 같은 거?

우림_ 맞아. 그래서 나 약속 지켜야 돼.

주_ 약속을 지키려고 아빠를 죽이는 건 좀 그렇지 않나.

우림_ 뭐가 그래? 아빠가 죽어야 끝나. ×× 그 ×× 안 죽으면 우리 모두 죽는다고.

모두 죽는다는 말이 반복될 때, 이전보다 더욱 강한 절박함이 느껴졌다. 그때 난 우림이의 표정을 가만히 살폈다. 아빠에 대한 증오보다 동생들을 지키고 싶다는 마음이 더 간절해 보였다. 사람을 죽이려는 마음을 품을 때 보일 수 있는 악의가 우림이에게선 보이지 않았다. 난 화제를 바꿔보기로 했다. 그래야만 했다.

주_ 당산동 클럽 그만둔 거 잘한 것 같아?

우림_ 당장은 ×× 죽을 맛이야. 하지만 ×× 잘한 거…… 맞아. 그런 것 같아.

주_ 당장이라면 돈 때문일 테지만 앞으로 보면 잘한 거지.

우림_ 나중에 또 거기 있다가 사고 치면 그땐 소년원이 아니라 교도소니까.

주_ 그럼 동생들을 지킬 사람이 없어지겠네?

우림_ 그렇지.

주_ 아빠하고 말이야.

우림_ 응.

주_ 떨어져 사는 건 어때?

우림_ 그게 말이 돼?

주_ 아빠가 그렇게 밉다며? 그럼 어디 시설 같은 데 보내고.

우림_ ×× 그래도 아빤데 그럼 안 돼지.

주_ 그래. 그건 또 그렇지?

우림_ 그리고 ×× 아빠 그 ×× 자격증 많아. 걸로 돈 ×× 벌면 되긴 해.

주_ 근데 정신 못 차려서 그렇고.

우림_ 몰라 ×× 나도 ×× 모르겠어.

아빠를 죽이고 싶다는 말을 난 곰곰이 생각했다. 그건 아빠를 실제로 죽이고 싶다기보단 무능력하고 엄마를 괴롭히던 아빠에 대한 기억을 죽이고 싶다는 뜻으로 읽혔다. 우림이의 마음속에 강하게 자리 잡은 건 남은 동생들을 돌봐 달라는 엄마의 마지막 부탁이었다. 우림이는 아마 엄마의 그 부탁을 지키기 위해서라도 살아남을 것이다. 난 그런 우림이의 마음을 탓하거나 훈계할 수 없었다. 아빠를 죽이고 싶다는 마음 역시 어쩔 수 없는 그의 현재이기 때문이다. 다만 안타까웠다. 과연 우림이가 동생들과 함께 잘 살아갈 수 있을지. 아빠와 화해할 수 있을지. 이 사회가 성인이 된 우림이를 따뜻하게 안아줄 수 있을지. 수많은 의문부호가 머릿속을 떠나지 않았다.

우림이는 검정고시에 합격한 뒤 곧바로 자동차 정비 관련 직업훈련원에 들어갔다. 처음 직훈에 들어갈 때 우림이가 내게 카톡으로 자신의 심정을 털어놓았다.

"나. ×× 잘할 수 있을까? 쌤."

난 그때 사실 답을 망설였다. 그냥 상투적으로 "응. 넌 잘할 거야."란 답이 쉽게 나오지 않았다. 한참이 지난 뒤에야 내가 준 답은 내가 봐도 너무하다는 생각이 들었다.

"잘하겠다는 마음이 계속되면 잘하겠지."

곧장 이어진 우림이의 답이 기억에 남는다.

"마음을 어떻게 믿어."

그런 우림이가 직업훈련원에서 4개월을 버텨냈다는 연락을 받았다. 6개월 과정이니까 이제 2개월 남았다고 했다. 반가운 마음에 우림이와 주말에 만나기로 했는데, 실기 자격시험을 준비해야 한다며 약속을 돌연 취소해버

렸다. 하지만 난 전혀 섭섭하지 않았다. 정비 자격증 따는 걸로 안부 정도는

대신할 수 있으니까. 우림이는 이제 마음을 믿게 된 걸까?

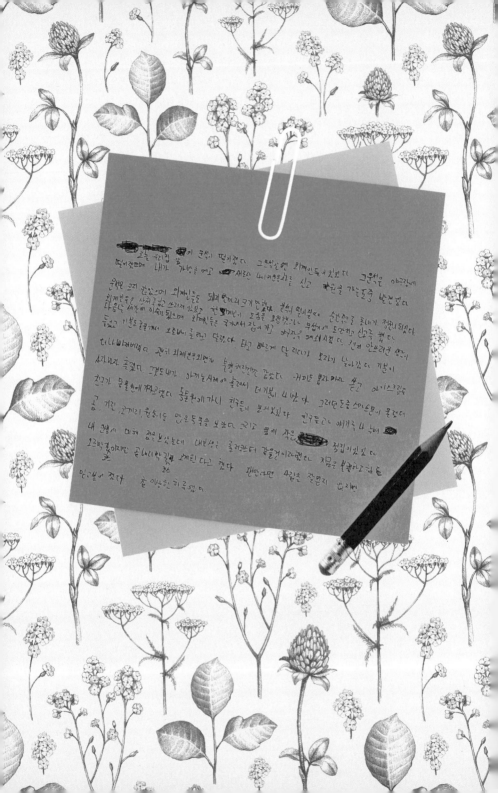

우리 아빠는 최악이야

_ 전자발찌를 찬 아빠와 현태 이야기

현태는 우림이를 만난 지 보름 뒤에 만났다. 현태를 만난 곳은 애석하게도 당산동 부근의 나이트클럽이었다. 현태는 또 다시 예전에 일하던 곳으로 돌아간 것이다. 현태의 선택을 막을 권리는 내게 없었다. 하지만 현재의 선택이 어떤 결과를 낳게 될지 말해줄 의무는 있다고 생각했다.

어렵게 연락이 닿은 현태와 당산동에 있는 나이트클럽 건물 맞은편에서 만났다. 커피전문점에서 만난 우리는 현태가 흡연석을 원하는 통에 제대로 창문이 닫히지 않는 자리에 앉아 두 시간 정도 시간을 보냈다. 겨울에 열린 창문 틈으로 들어오는 바람과 냉기 탓에 머리가 다 얼얼할 지경이었지만 도리어 정신은 또렷하고 분명해졌다.

현태는 추위에 익숙해 보였다. 한겨울 밤 당산동, 신도림역 일대를

돌아다니며 나이트클럽 전단지 뿌리고 술 취한 손님들 호객해서 지하
클럽으로 데리고 가고. 그런 일을 반복하다 보니 현태는 거의 밤 시간
대부분을 밖에서 보낼 것이다. 그래서인지 현태는 웬만한 바람이나
추위쯤 대수롭지 않다는 반응을 보였다. 연신 다리를 떨면서, 덜덜 떨
리는 손으로 줄담배를 피웠지만 현태는 춥다는 내 말도 무시하고 흡
연석에서 계속 시간을 보냈다.

주_ 보름 전에 우림이 봤다.

현태_ 들었어요. 카톡에 자랑질 ×× 하더라고.

주_ 뭐라고 했는데?

현태_ ×× 바이킹(패밀리 레스토랑 이름)인가 거기서 ×× 비싼 거
× 먹었다고.

주_ 그렇게 비싼 거 아니야.

현태_ ×× 그 ××나 나나 그 정도면 ×× 비싼 거예요. 걔 ×××
(여자 친구)도 데리고 갔다면서요?

주_ 중간에 만났어.

현태_ ×× ×× 좋았겠다. ×× 난 여기서 ×× 치고 있는데.

주_ 넌 그만둘 생각 없어?

현태_ 없어.

주_ 검시 안 봐? 학교는?

현태_ 안 가요.

주_ 특별한 이유라도 있어?

현태_ 특별하긴 뭐가 특별해요. 그런 거 없어요.

주_ 우림이는 여기 완전 때려치운 거 맞아?

현태_ 그 ×× 이쪽으로 아예 오지도 않아요. 폰번도 바꼈어요.

주_ 그래. 바꼈더라.

현태_ 다른 ××들, 특히 여기 있는 ×××들은 우림이 폰번 한 명도 몰라요. 나만 알아. 것도 모르는 번호 떠서 한참 ×무시하다가 받으니까 그 ××야. 아예 안 온다고 하던데요.

주_ 너한테는 뭐라 안 해?

현태_ 뭐요? 안 그만두냐고요?

주_ 응.

현태_ 쿨하지 못하게 그게 뭐예요? 걔는 걔 인생, 나는 내 인생.

주_ 그래 맞아. 선택은 자기가 하는 거지.

현태_ 그렇지. ×× 어차피 뭐 당장 아쉬운 ××가 이 짓 하는 거지. 근데 난 우림이 그 ××××는 잘 그만둔 거 같아요.

주_ 넌 괜찮고?

현태_ 난 이거 체질에 맞거든요.

주_ 매일 술 취한 ××들 보면 짜증나지 않아?

현태_ 당근 ××돌죠. ×× 도는데, 그냥 견뎌요.

주_ 견디는 이유가 뭔데?

현태_ 그냥 ······.

주_ 먹고살려고?

현태_ 정답이네.

주_ 그렇게 말하는 거 보니까 꼭 아저씨 같아.

현태_ ×× 지금 이 ×× 바지 보고도 그런 말 나와요. 나 딱 봐봐.
아저씨지. 뭐. 안 그래요?

주_ 그래. 맞다. 맞아.

저녁 먹고 들어가는 게 어떻겠냐고 했지만 현태는 고개를 가로저
었다. 보름 전에 우림이한테 돈 많이 썼으니까 자기한테는 아끼라는
것이다. 확실히 현태는 어른스러웠다. 그러자 난 더 알고 싶어졌다. 현
태가 당장 돈을 만질 수 있는 일이 왜 필요한지, 그래서 소년원까지
경험했는데도 다시 그 쓰라린 경험을 안겨준 곳으로 돌아간 이유가
무엇인지 알고 싶었다.

주_ 지금 …… 어떻게 살아? 혼자 살아?

현태_ 아니요.

주_ 부모님과 같이 있어?

현태_ 하나만 같이 있어.

주_ 엄마?

현태_ 아니.

주_ 아빠랑?

현태_ (고개를 끄덕인다)

주_ 동생이나 형 있어? 너 혼자야?

현태_ 여동생. 두 살 아래.

주_ 동생은 같이 안 살아?

현태_ 예.

주_ 엄마랑 여동생이 따로 사는 거야?

현태_ 응.

주_ 왜 그렇게 살게 되었는지 물어봐도 돼?

언제나 그렇지만, 혹은 언제부터인가 아이들에게 가족 이야기를 묻는 것 자체가 조심스러워졌다. 흔히 말하는 아이들의 가족은 깨지고 금 가고 가슴 아픈 트라우마로 새겨진 경우가 많았기 때문이다. 하지만 묻지 않을 수 없다. 아이들의 마음속 고통과 아픔이 시작된 곳도 대부분 그곳, 가족이기 때문이다.

현태는 새로운 담배를 입에 문 뒤에야 내 질문에 입을 열었다. 뭔가 고민하는 흔적이 역력했고, 고민 끝에 나온 현태의 말은 날 조금 당황하게 했다.

현태_ 아빠가 사고를 쳤어요.

주_ 어떤 종류의 사고?

현태_ 말하기 ×××팔린데.

주_ 모든 사람이 × 팔린 건 하나씩 갖고 사는 것 같아. 그리고 말이야. 마음속에 응어리로 남는 ×팔림은 반드시 말하는 게 좋아. 지금 네가 말할 수 있는 좋은 기회라고 생각하는데.

현태_ 꼭 상담받는 것 같네.

주_ 상담은 무슨. 그런 거 아냐. 그냥 말하는 거야. 거울 보며 말하
듯이.

내 말을 들은 뒤에도 현태는 담배 한 개비를 다 피울 동안 말이 없
었다. 그때 삐끼 동료로 보이는, 머리를 보랏빛으로 물들인 아이가 현
태에게 다가왔다. 현태가 잠깐만 기다려 달라고 했고, 둘은 밖에서 잠
시 이야기를 나눴다. 난 그대로 현태가 떠나버리면 어떻게 해야 할지
생각을 해보았다. 하지만 현태는 이내 다시 돌아왔다. 다시 의자에 앉
은 현태는 다리를 이전보다 더 심하게 떨었고, 주위를 두리번거리며
불안해했다. 그때 난 별 기대를 하지 않기로 했다. 말하지 않아도 상관
없다고 생각했다. 그냥 현태가 그 자체로 자신의 상황을 누군가는 이
해한다는 걸 알아줄 거라 믿었다. 그런데 뜻밖에도 현태는 입을 열었
다. 하기 힘든 이야기를 해준 그 아이의 용기가 고마웠다.

현태_ ×× 뭐, 우림이도 아는 얘기니까. 쌤이 알아도 상관없어요.
주_ 하기 싫으면 안 해도 되는데.
현태_ 아니에요. 따지고 보면 별거 아니에요. 아닌가? 별거는 맞는
거 같은데.
주_ 아빠가 뭐 폭력적이거나 그런 거야?
현태_ 그러 거면 맘 편하기나 하지.
주_ 무슨 뜻이야?
현태_ 아빠. 발에 그거 차고 다녀요.

주_ 그거 뭐?

현태가 발을 들어 보이며 손으로 발목을 감싸는 시늉을 해 보였다. 그제야 난 현태 아빠가 전자발찌를 착용하고 있다는 말을 알아들었다.

주_ 주위에서 아는 것 같아?

현태_ 소문이 쉽게 안 나. 누가 맘먹고 검색하지 않으면 몰라.

주_ 언제까지 그거 차야 된대?

현태_ 5년.

주_ 혹시 아빠 그 일. 가족하고 연관된 거야?

현태_ 응.

주_ 그래 …….

현태_ 내 동생.

주_ 응?

현태_ 내 동생 …… 먹었어. …… 열 번 넘어. ×× 셀 수도 없어.

담담하게 말하는 것처럼 보였지만 그렇지 않았다. 그제야 난 왜 현태가 줄담배를 피우는지 조금은 이해가 되었다. 현태는 몹시 불안해하고 있었다.

나 역시 잠시 말문이 막혔다. 이 시점에서 무슨 말을 해야 할지 난처했다. 그렇다고 화제를 바꾸는 것도 어색했다. 이것도 저것도 아님, 그냥 이쯤에서 헤어질까? 물론 그렇게 하고 싶은 마음이 간절했다. 하지만 난 아직 묻고 싶은 것이 남아 있었다. 현태의 마음을 알고 싶었다.

주_ 지금 엄마하고 동생 있는 곳. 넌 알아?

현태_ 응. 알아.

주_ 아빠는? 아빠는 몰라?

현태_ 나만 알아. 알면 안 돼.

주_ 아빠는 지금 어떻게 생각해?

현태_ 뭘요?

주_ 자신이 한 행동에 대해.

현태_ …… 후회하는 것도 같은데, 잘 모르겠어. 자기가 뭘 잘못했
는지 모르겠다고 하기도 해. 화를 내기도 하고.

주_ 왜 화를 내는데?

현태_ 엄마가 직접 신고했거든. 그러니까.

주_ 가족인데 신고했다고?

현태_ 그렇지.

주_ 너는 어떻게 생각해?

현태_ 잘못했지.

주_ 아빠가?

현태_ 당연하지. 친딸한테. ××

주_ 엄마하고 동생. 어떻게 지내?

현태_ 최악이야. 엄마 충격 먹어 일 못하고. 원래 학교 청소 나갔
는데.

주_ 동생은? 동생은 어때?

현태_ 병원 좀 다니다가 그만두고, 학교도 쉬고 그냥 집에 있대.

주_ 생활비는?

현태_ 이걸로.

　

'이거'라는 건 현태가 지금 하고 있는 일을 가리키는 것 같았다. 갑자기 서글픈 생각이 들었다. 온 가족이 현태가 밤마다 거리에서 취객들 클럽으로 데려다 주는 돈으로 생활해야 한다는 게 그랬다.

　

주_ 아빠는? 아빤 일 안 하셔?

현태_ 못하는 게 맞아. 빵에서 3년 살았거든. 빵에서 나와 발찌 차고 뭐 할 수 있는 게 없나봐. 보호감호 받으니까 사고도 못 치고. 그냥 식물처럼 집에만 있어.

주_ 하나만 물어도 돼?

현태_ 지금까지 물었잖아요.

주_ 현태. 넌 …… 왜 아빠랑 같이 있어?

　

하지만 현태는 내 마지막 질문에 답하지 않았다. 아니, 답을 못 하거나 할 말을 찾지 못했다고 말하는 게 더 솔직할 것 같았다. 답을 망설이는 현태의 표정, 동작, 몸짓을 보며 난 느꼈다. 가족이라는 것. 피할 수도 없지만 피해서도 안 된다는 사실 말이다. 아마도 현태는 아빠를 버리지 않는 게 가족을 지키는 일이라고 믿고 있는 것 같았다. 그런 현태를 보며 마음 한구석이 아려 견딜 수가 없었다. 또한 두려웠다. 성범죄자의 가족으로 살아야 하는, 더욱이 가족의 커다란 상처를 평생 끌어안고 살게 될 현태의 앞날은 어떤 말로 위로해도 치유될 것 같지 않았기 때문이다. 하지만 단 하나의 희망만큼은 놓을 수 없었다. 어떤 일이 있어도, 어떤 문제가 닥쳐도 현태는 포기하지는 않을 거란 확신. 그건 아빠를 죽이고 싶다는 절친 우림이에게도 느꼈던 확신이었다.

그래서일까. 헤어지고 돌아서는 현태의 뒷모습을 보며 난 마냥 쓸쓸하지만은 않았다. 그래도 어떻게든 현태는 살아갈 것이다. 피하지 않을 것이다. 앞으로 닥칠 현실이 무엇이든 말이다.

현태는 여전히 신도림역 일대를 떠나지 않았다. 대신 직업을 바꿨다. 통신사 대리점 직원으로. 생소한 번호의 전화를 받았을 때, 그때 현태의 목소리가 지금도 생생하다.

"나 직업 바꿨어요."

"응. 뭘로?"

"삐끼는 맞아요. 똑같은 삐끼는 좀…… 건강한 삐끼? 나 통신사 대리점에서 일해요. 신도림역에 있는 건 똑같구요. 지금은 일단 ×× 같은 찌라시 돌리고 삐끼 친구들에게 휴대폰 바꾸라고 하지만 조금씩 나아지겠죠. 그럼 월급도 오를 거야. 그렇죠?"

난 현태의 들뜬 목소리가 좋았다. 약간 격앙되고 흥분된 목소리. 새로운 걸 시작했음을 알리고 싶은 의지가 느껴져서 좋았다. 그래서 난 정말 가입하고 싶었지만 요금제가 맞지 않아 결국 현태 실적을 올려주는 데 실패했다. 그래도 현태는 실망하지 않고 다시 만나자고 했다.

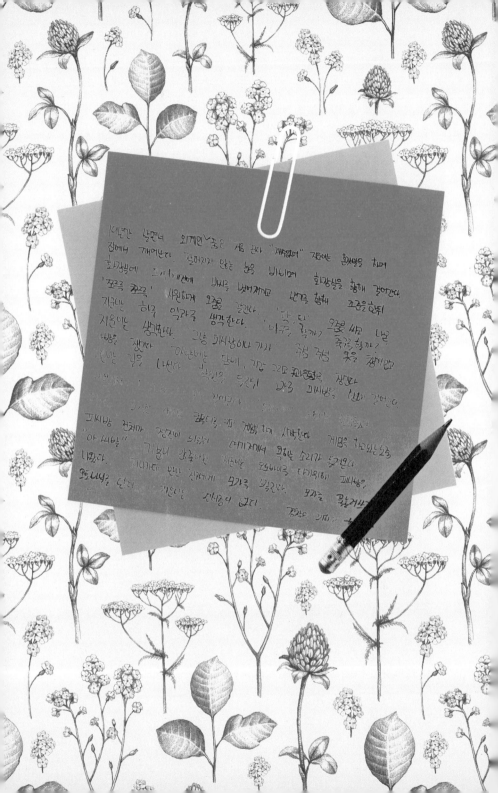

엄마도 아빠도 불쌍해요

_ 가족 대신 대안학교를 선택한 정은이 이야기

2012년 겨울, 나는 정은이(17세)를 경기도 북부의 대안학교에서 주최한 작가 체험 프로그램에서 처음 만났다.

정은이는 대안학교에서 상당히 중요한 역할을 맡고 있는 학생이었다. 맡고 있는 직함만 해도 여섯 개가 넘었다. 학생회장, 학생총무부장, 학생기숙사관리부장 등등.

하지만 정은이의 첫인상은 반전 그 자체였다. 매우 가냘프고 여려 보이는 아이. 키도 또래에 비해 작은 편이고 워낙 마른 편이라 공부는 제대로 할 수 있을지 걱정될 정도였다. 얼굴은 또 어찌나 작은지······ 나도 얼굴이 큰 편은 아니라고 자부해왔는데, 나란히 사진을 찍으면 내 얼굴이 꼭 정은이 얼굴의 두 배 이상으로 커 보였다.

하지만 정은이는 그야말로 슈퍼우먼이었다. 설립 초기 단계인 대안학교에 제1회 입학생으로 들어온 정은이는 서른 명 남짓한 전체 학생들을 대표해서 학생들 자치로 해야 할 살림, 회계, 총무 업무를 도맡아 해냈다. 더욱이 기숙사 생활을 해야 하는 이곳 대안학교에 적응하지 못하는 아이들을 다독이는 역할도 정은이가 맡을 정도였다. 정은이에 대한 대안학교 선생님의 말씀을 들었을 때, 나는 더욱 정은이에게 관심을 갖게 되었다. 작가 체험 프로그램을 끝낸 뒤에도 대안학교에서 마련한 후속 행사 준비로 정은이와 몇 번 더 만날 수 있었다.

사실 나는 정은이가 기존 고등학교를 중퇴하고 대안학교를 선택한 이유를 알고 싶었다. 이것은 물론 대안학교에 대한 편견이 아니다. 정은이가 어떤 뚜렷한 소신을 가진 아이처럼 보였기 때문이었다.

예상대로 정은이의 대안학교 입학에는 자신만의 뚜렷한 소신이 있었다. 기존 학교에 적응을 못한 것도 아니었고 기존 학교 교육을 무턱대고 비판하는 입장도 아니었다. 다만 정은이는 획일화된 교육이 답답하다고 했다. 자율적으로 자기가 선택한 공부를 하고 싶었다고도 했다.

정은이가 다니는 대안학교는 아직 설립 초기라 시설이나 선생님 충원, 학습 시스템을 갖춰야 하는 과제를 안고 있었다. 이러한 점들도 정은이는 잘 이해하고 있었다. 대안학교의 현실을 있는 그대로 바라보려 했고 그것에 대한 자기주장도 뚜렷했다. 그래서 학생들의 자율적이고 자치적인 참여를 독려하고 스스로 모범을 보이기 위해 발 벗고 나선 아이였다.

그런데 정은이가 대안학교를 선택한 이유는 이것이 다가 아니었다.

정은이에겐 상처가 있는 것 같았다. 더욱이 나는 느낌으로 정은이의 상처, 혹은 아픈 기억이 현재진행형이라는 것을 알았다.

나는 정은이에게 조심스럽게 다가갔다. 그 상처를 스스로 말할 수 있도록 돕고 싶었다. 물론 말하지 않아도 어쩔 수 없다. 내보이고 함께 고민해서 치유할 수 있는 상처가 있는가 하면, 자기 내면에 꼭 끌어안고 아물 때까지 기다리는 것이 나은 상처도 있기 때문이다.

정은이는 자신의 상처를 어떻게 해야 할지, 갈림길에 서 있는 아이였다.

주_ 얘기하기 힘들면 안 해도 돼.

정은_ …….

주_ 누구에게 꼭 얘기해야 할 의무 같은 건 없어.

정은_ 그렇긴 한데 말하고 싶어요.

주_ 대안학교를 선택한 또 다른 이유에 대해서?

정은_ 예.

주_ 우리 간단히 말하는 걸로 범위를 좁혀 나갈까?

정은_ 어떻게요?

주_ 스무고개처럼 접근해보자. 내가 큰 원을 그릴게. 그다음에 원의 범위를 점점 좁혀가는 거야. 그러다 보면 어느 순간 네 마음을 스스로 열어 보이는 순간이 올 거야.

정은_ 재밌네요.

주_ 그래. 재밌어. 그렇게 심각하지도 않고. 그럼 시작해볼까?

정은_ 어떻게 하는 건데요? 뭐 …… 저번 체험 때처럼 종이하고 볼펜 같은 거 있어야 돼요?

주_ 아니. 그런 거 없어. 그냥 말하면 돼.

정은_ 해볼게요.

정은이가 대안학교를 선택하게 된 또 다른 이유는 긍정적인 감정과는 반대 방향일 것 같았다. 물론 그것은 생각하고 싶지 않을 정도로 우울하고 짜증스럽고 화나는 일일지도 모른다. 큰 범위에서 좁은 범위로 접근하자고 했던 것은 정은이가 부정적인 감정 속으로 들어가는 과정을 한 계단씩 만들어주고 싶었기 때문이다. 이것이 내가 할 수 있는 최선이었다.

주_ 가족에게 어떤 일이 생긴 거야?

정은_ 쉽게 말하면?

주_ 가족 문제가 대안학교를 선택하게 한 또 다른 이유였는지 묻는 거야.

정은_ 맞아요. 비슷해요.

주_ 그 가족 문제. 부모님과 관계있는 거야. 아님, 정은이 자신에게만 해당되는 거야?

정은이가 잠시 답을 망설였다. 처음부터 어려운 답을 요구했다는 생각에 나는 질문의 방향을 돌려보려 했다. 하지만 질문의 방향을 바꾸려는 찰나에 정은이가 대답했다.

정은_ 부모님 문제.

주_ 아빠? 아님 …… 엄마?

정은_ 둘 모두.

주_ 가해자와 피해자가 있는 거야? 아니면…… 서로 간에 생긴 일들이야?

정은_ 그냥 눈에 보이는 것만 말하면 돼요?

주_ 편할 대로 말하면 돼.

정은_ 가해자는 아빠. 피해자는 엄마. …… 그런데요.

주_ 응. 그런데?

정은_ 꼭 그렇지만도 않아요.

주_ 어떤 점에서?

정은_ 엄마는 아빠를 증오해요.

증오라는 말은 쉽게 쓰기 어려운 말이다. 특히 가족 간에는 그렇다. 하지만 정은이가 엄마 입장을 대변할 때 가장 먼저 떠오르는 말이 '증오'라는 사실에 나는 불안해졌다. 정은이의 표정도 어두워졌다.

주_ 아빠를 증오한다는 점에서 엄마도 가해자일 수 있다는 건가?

정은_ 반드시 그런 건 아니죠. 누가 누구를 증오하는 건 상대에게 직접 해를 끼치는 건 아니니깐.

주_ 그건 그렇지. 그럼 말이야.

정은_ 예.

주_ 엄마가 아빠를 증오하게 된 이유가 뭔지 물어봐도 돼?

정은_ 일단 아빠는 나쁜 사람이에요.

주_ 나쁜 사람이라 …… 다른 사람들도 그렇게 말해?

정은_ 다른 사람들 누구요?

주_ 너와 엄마 말고 아빠를 알고 있는 다른 사람들. 아빠 회사 동료나 가깝지 않은 친척들.

정은_ 아니요.

주_ 그럼 아빤 너와 엄마에게만 나쁜 사람인 거네.

정은_ 그래서 더 나빠요.

주_ 어째서?

정은_ 이중인격이니까.

주_ 응. 그러면 하나 더 물을게.

정은_ 예.

주_ 어떤 점에서 아빠가 나쁜 사람이지? 가장 먼저 말한 건 이중인격.

정은_ 그냥 간단히 말해요?

주_ 편하게 해. 하고 싶은 말만 하면 돼. 하기 싫으면 할 필요 없어.

정은이는 잠깐 생각할 시간을 달라고 했다. 화장실을 다녀오겠다고 했는데, 30분이 지나도록 나오지 않았다. 난 조금 걱정이 되었지만 좀 더 기다려보기로 했다. 그러고는 5분이 더 지난 뒤에 정은이가 화장실에서 나왔다. 울었는지 화장을 고친 것 같았지만 나는 모른 체 했다.

정은_ 좀 뻔한데.

주_ 폭력?

정은_ 비슷해요.

주_ 비슷하다면 어떤 종류지?

정은_ 아빤 엄마를 좋아한다고 말해요. 좋아해서 때린다고 말해요.

주_ 엄마에게 손찌검하는 거야?

정은_ 뭐, 뺨 때리는 거요?

주_ 응.

정은_ 그 정도가 아니에요.

주_ 그럼. 어느 정도?

정은_ 그게 좀 …….

주_ 말하기 싫어?

정은_ 예.

주_ 그래. 그럼 안 물을게. 그렇지만 묻지 않을 수 없는 게 하나 있다.

정은_ …….

주_ 아까 비슷하다고 했잖아.

정은_ 예.

주_ 그 비슷하다는 게 뭘 뜻하는지 말해줄 수 있어?

정은_ 아빠가 엄말 좋아한다고 말했잖아요.

주_ 그랬지.

정은_ 폭력 …… 쓰고 …… 그리고 그거 …… 해요.

주_ 그래?

정은_ 예.

주_ 그걸 그럼 정은이 네가 본 거야?

정은_ 예.

주_ 자주?

정은_ (잠시 생각한 뒤) 일주일에 세 번?

주_ 이해가 안 되는 게 있는데.

정은_ 뭐가요?

주_ 아빠가 딸인 네가 보는 앞에서 그랬단 말이야?

정은_ 아빠가 엄마랑 싸울 때면 난 방문을 잠가요. 하지만 다 들려
요. 엄마 아빠는 꼭 거실에서 그러거든요. 집에 방은 딱 내 방하
고 엄마 아빠 방 두 개뿐이고.

주_ 동생이나 오빠, 언니는 없어?

정은_ 없어요. 나 혼자예요.

정은이가 화장실을 갔다 온다 해서 대화는 잠시 중단되었다.

아빠가 엄마에게 폭력을 행사한 뒤 성폭행을 하는 일이 수차례라
는 말을 들은 뒤, 나는 이쯤에서 대화를 멈추고 싶었다. 정은이에게는

생각하기도 싫은 일일 테니 말이다. 하지만 화장실에서 돌아온 정은이는 더 말하고 싶어 했다. 어쩌면 정은이는 자신이 처한 상황에 대한 자신의 감정을 객관화시키고 싶었는지도 모른다.

주_ 엄마가 아빠를 증오한다고 했잖아.

정은_ 예.

주_ 경찰이나 성폭력상담센터에 신고할 생각은 안 해 보셨대?

정은_ 생각만큼 쉽지 않아요.

주_ 쉽지가 않다?

정은_ 두 가지 이유가 있는데요. 말해도 돼요? 지루하지 않아요?

주_ 전혀 안 지루해. 말해줘.

정은_ 아빠 신고해서 달라지는 게 별로 없대요.

주_ 누가 그렇게 말해?

정은_ 엄마가.

주_ 왜 그렇게 말씀하셨지?

정은_ 아빠를 신고해서 만약에 잡혀 들어가면 당장 아빠 학교에서도 잘리고, 그러면 돈 끊어지고, 다시 취직도 어려워지고, 그 말들을 때 나도 복잡해지더라고요.

주_ 아빠가 학교? 학교에 계셔?

정은_ 교사 …… 고등학교 …….

정은이가 아빠의 직업을 밝힐 때 말끝을 흐렸다. 말하고 싶지 않은 주제일 것 같아 더 묻지 않았다. 대신 정은이의 현재 감정을 알고 싶었다.

주_ 내가 묻고 싶은 건 아마 네 자신도 알고 싶은 걸지 몰라.

정은_ 그게 뭔데요?

주_ 넌 지금 어때?

정은_ 기분 같은 거 묻는 거예요?

주_ 너도 아빠를 증오해?

정은_ 아니요.

주_ 그럼?

정은_ 그냥 불쌍해요.

주_ 불쌍하다 …… 그럼 엄마는?

정은_ 엄마도 불쌍하지만 솔직히 아빠가 더 불쌍해요.

주_ 왜 그렇게 생각해?

정은_ 아빠가 이 세상에서 가장 불쌍한 사람 같거든요.

주_ 아빠는 엄마와 너를 힘들게 했어. 그런데 왜 아빠가 제일 불쌍해?

정은_ 설명하기 어려워요. 근데 불쌍해요. 아빤 가족을 제일 좋아하는데, 가족밖에 없는데. 술도 안 마시고 잘 놀지도 않고 주말에는 항상 집에만 있는데. 그리고 나도 좋아하고 엄마도 좋아하는데. 그런데 엄마하고 난 아빠를 피해 도망 다니기만 하니까. 그럴 수밖에 없으니까. 그러니까 불쌍해요.

주_ 아빠가 밉지는 않아?

정은_ 안 미워요.

주_ 어렵다.

정은_ 저도 어려워요. 아빠를 미워할 수 없어서.

정말 어려웠다. 솔직히 정은이의 마음을 절반도 아니, 반의 반도 이해할 수 없었다.

찜찜한 기분은 여전했지만 그래도 한 가지 확실한 것은 있었다. 정은이가 부모를 피해, 아빠가 휘두르는 폭력과 엄마가 일으키는 혼란을 피해 대안학교를 선택했지만 가족을 미워하는 것은 아니라는 사실. 아빠를 용서한다고 말하지 않고 아빠를 불쌍하다고 말한 것. 설명하기 힘든 정은이의 마음이 안쓰러움으로 와 닿았다.

정은이는 2014년에 대학에 진학했다. 전공은 상담심리. 학교 기숙사에서 생활한다고 했다.

안성에 볼일이 생겼을 때 정은이와 연락이 닿아 정은이네 학교 식당에서 만났다. 장학금을 받았다며 밥을 사겠다는 정은이는 예전보다는 확실히 활기가 넘쳐 보였다. 약간 어색해 보이는 색조 화장도 새내기다운 풋풋함으로 보여 나쁘지 않았다.

함께 식사를 하고 커피까지 마시는 동안 우리는 약속이나 한 듯 예전의 인터뷰에 대한 이야기는 꺼내지 않았다. 정은이가 상담심리를 전공하게 된 이유도 굳이 묻지 않았다.

묻지 않아도 될 이야기들, 수면 아래로 가라앉아 있다 해서 결코 사라지는 것은 아닌 이야기들이 여전히 정은이의 어깨를 무겁게 짓누르고 있을 것이다.

그 어깨의 짐을 같이 들어주고 싶은 마음 역시 여전하다. 하지만 어떻게해야 그 무거운 짐을 함께 나눠 질 수 있을까. 여전히 고민 중이고 앞으로도내게 남은 숙제다.

살아남아서 슬펐어
_ 살기 위해 친구가 필요했던 원규 이야기

주원규가 주원규를 인터뷰하기. 이 어색한 인터뷰를 위해 24시간 동안 쉬지 않고 커피를 볶아대는 커피전문점을 찾았다. 그것도 새벽 2시에. 1층과 2층은 술을 깨려는 취객들, 수다를 떠는 여자들로 북적거린다. 3층은 밤샘 작업을 하려고 노트북을 두드리는 이들이 드문드문 앉아 있다. 마지막 4층은 천장의 불을 절반쯤 꺼놓았다. 구석 자리에 앉은 연인인 듯 보이는 사람들이 소곤거리는 소리 외에는 숨소리도 거슬릴 만큼 조용하다.

나는 4층 한구석에서 노트북을 펼쳤다. 이제부터 나의 청소년 시절, 이른바 흑역사 시절의 주원규를 만나려고 한다. 약간은 위험하고 아찔하고 아팠던, 하지만 때로는 벅차오르는 기쁨을 누렸던 어린 원규가 컴컴한 카페 입구에서 나를 향해 걸어온다.

주_ 어디서부터 시작할까.

원규_ 뭐, 편한 대로.

주_ 중학교 입학 때부터 시작하는 게 좋을까.

원규_ 좋을 대로 하라니까.

주_ 처음 중학교 입학할 때 어땠어? 기분 같은 거.

원규_ ×같고.

주_ 그리고 또?

원규_ 무서웠어.

주_ 왜? 아이들이? 아님 선생이?

원규_ 내가 입학한 학교가 그해 처음으로 문 연 학교였거든. 그래서 모든 게 어수선했어. 남녀 합반을 해야 할지도 등교한 다음에 결정할 정도였으니까 말 다했지.

주_ 뭐 그 정도는 애교로 봐줄 수 있잖아. 그게 무서운 거랑 무슨 상관인데.

원규_ 애들이. 애들이 무서웠어.

주_ 어떻게?

원규_ ×× 그 동네가 중학교 아이들한텐 그렇게 만만한 곳이 아니었어.

주_ 만만한 곳이 아니라면?

원규_ 얌전히 범생이처럼 공부만 하게 내버려 두지 않는단 말이야. ×× 애들끼리 고등학교 짤린 형들 밑에 붙어 삥 뜯고 다니는 일도 많았고, 패싸움 붙고 ×× 터지는 건 일도 아니었지.

주_ 넌 어땠는데?

원규_ 뭐가?

주_ 싸움 …… 잘하는 편이었어?

원규_ 전혀. ×× 이 몸 봐라. 비쩍 말라가지고 주먹도 안 세지. ×
××도 없지.

주_ 그럼 공부는? 공부는 잘했어?

원규_ ×× 어중간했지.

주_ 중학교 생활이 처음부터 조짐이 안 좋네.

원규_ 그땐 '왕따'라는 말은 안 썼지만 제일 무서운 왕따가 있었어.

주_ 그게 뭔데?

원규_ 어디에든 뭐라도 끼어들어가야 해. 끼지 못하면 죽음이야.
두 파가 있었거든. 하나는 범생이 그룹인데 아예 지네들끼리 모
여가지고 얌전히 공부만 했어. 그런 애들이 별로 많지는 않았지
만 지들끼리는 죽어라 뭉쳤어. 공부 안 되는 애들은 당근 안 끼워
주지.

주_ 그럼 다른 파는?

원규_ 당연히 패싸움파지. 장난 아니야. 당시엔 전교에서 꽤 잘 나
간다는 서클들이 몇 있었어.

주_ 서클이라고 해? 뭐 불량서클 그런 거?

원규_ 뭐 어떻게 부르든 ×× 살벌해. 그런 서클에 어떻게든 들어
가든지, 아님 최소한 찍히지만 않아야 한다는 룰이 있었어. ××.
그게 무슨 학교야. 지금 생각해도 ×× 골 때려. 안 그래?

주_ 넌 어땠어?

원규_ 나? 난 처음엔 아무것도 몰랐어. 그냥 학교 가고 오고 그럼 되는 줄 알았어. 순진했지. 순진했는데, 그런데 슬슬 ××가 돌면서 불안해지더라.

주_ 뭐가 널 불안하게 만들었는데?

원규_ 어디에든 속해 있지 않으면 큰일 날 것 같은 느낌이 든 거야.

주_ 구체적으로 말해봐.

원규_ ××. 한 번은 나 혼자 점심 먹는 일이 있었어. 도시락 까는 거 말이야. 그런데 혼자 밥 처먹는 날 애들이 이상하게 쳐다보는 거야. 그 눈빛이 꼭 '너 ×× 왕따지?' '××× 밥 새끼. 넌 이제 ×× 완전 죽었어.' 하는 식으로 ××보는 것 같아서 미치겠더라고. 그래서 중 2때부터는 어떻게든 해야 했어.

주_ 그래서? 어떻게든 한 방법이 뭐였어? 서클에 가입이라도 했어?

원규_ …… 나 솔직히 까고 말하면 ×× 치사한 방법으로 서클에 들어갔어.

주_ 어떤 게 치사한 방법인데.

원규_ 그때 우리 반에 짱 먹는 ××가 있었어. 반뿐만이 아니지. 학년 전체에서 넘버원은 물론이고 삼학년 형들도 함부로 터치 못할 정도였어. 지존이지. 난 그런 지존 녀석한테 어떻게든 붙어보려고 별 ××을 다 부렸지.

주_ 그 친구와 어떻게 가까워졌는데?

원규_ 웃긴 게 그 ×× 말이야. 엄마 따라 교회를 다니는 거야.

주_ 짱이 교회를 다닌다고? 웃긴다.

원규_ 엄마 따라서였겠지. 나도 그랬으니까.

주_ 너도 교회 다녔어?

원규_ 뭐, 학교보다 더 무서운 게 엄마니까. 그런데 말 끊지 말아 줄래? 말하는 데 ×× 집중이 안 돼.

주_ 알았어. 알았으니까 말해.

원규_ 같은 교회에서 짱을 만났거든. 거기서 그 ××랑 말도 트고, 그러면서 슬금슬금 어울리기 시작했지.

주_ 어울렸던 방법 좀 말해봐.

원규_ 일단 친해지기 위해 담배, 술 사다 바치는 건 기본이야.

주_ 그리고?

원규_ ×× ×× 유치하지만 그땐 공원에서 오토바이 모아 놓고 담배 꼬나물고 여자애들 꼬시고 그랬거든. 짱 대신에 내가 대신 여자애들한테 가서 놀자고 하면서 데려오고.

주_ 너 원래 낯 안 가렸어?

원규_ ×× 엄청 가리지. 교회 누나랑 눈도 못 마주쳤는데. 그래도 어떻게? 살아남으려면 어쩔 수 없지. 뭐든 해야 했어. 그땐 ×× 진짜 절박했거든.

주_ 그래서. 친해지는 데는 성공했어?

원규_ 대충은. 하지만 대가가 따랐지.

주_ 어떤 대가?

원규_ 일단 서클에 들어가면 뭐든 같이해야 돼.

주_ 대충만 말해봐. 어떤 것들을 같이했는데?

원규_ 뭐…… 소리만 ×× ×× 질러대는 헤비메탈 뮤비 하루 종일 틀어주는 록카페 같은 데서 말보로 레드 연달아 갑째 날리고 외박은 기본이고, 동네 공터에 숨어서 여자애들이랑 본드 아니면 가스 불고. 돈 떨어지면 근처 애××들 삥 뜯는 데 따라다니고.

주_ 미안하지 않았어? 무엇보다 너 자신한테 말이야.

원규_ 미안했지. ×× 미안한데 그땐 그게 정말 최선이었어.

주_ 그렇게 어울리니까 편한 점도 있었겠네.

원규_ 가장 편했던 건 학교생활. 애들한테 찍히지 않으려고 신경 곤두세우지 않아도 돼지. 뒷자리 차지하고 앉아 ×× 으쓱한 기분 같은 것도 좋고.

주_ 그때 네 모습은 어땠어? 외모 말이야.

원규_ 개엉망이야. 머리 샛노랗게 물들이고 귀 뚫고, 없는 돈 있는 돈 다 털어서 소리 크게 나도록 마후라 개조한 오토바이 타고 다니고.

주_ 어째 좀 위태위태하다.

원규_ 맞아. 그 아슬아슬함. ×× 불안했어. 금방이라도 일이 터질 것 같았거든.

원규의 말이 끝나기 무섭게 나는 인터뷰를 중단했다. 그러고는 밖으로 나가서 찬바람을 쐬었다. 마음이 감당하기 힘들 만큼 복잡해졌다. 하지만 여기서 멈추고 싶지는 않았다. 다시 계단을 꾹꾹 밟고 또

밟아서 4층으로 올라왔다. 새벽 3시. 구석 자리의 연인들도 사라지고 나 혼자, 아니 어린 원규와 단 둘이 남았다. 이제 고등학교 시절을 이야기하자. 본론으로 바로.

주_ 자, 그럼 이번엔 고등학교 이야기를 해볼까? 고등학교는 갔어?

원규_ 서클 때 친하던 애들 대부분 중학교 졸업하고 땡이거나 종고, 아님 야고에 갔어.

주_ 종고는 뭐고 야고는 뭐야?

원규_ ××. 다 알면서. 종합고등학교 있잖아. 인문계, 실업계 다 있는 데. 야고는 야간 고등학교!

주_ 그런데 넌?

원규_ 난 턱걸이로 동네에 유일하게 하나 있는 인문계 고등학교에 들어갔지.

주_ 고등학교는 어때? 분위기 괜찮았어?

원규_ 여전해. 공부는 바닥이고, 애들이랑은 못 어울리고.

주_ 서클 애들하고는?

원규_ 그것도 …… 조금씩 어긋나기 시작했어.

주_ 어떤 점이?

원규_ 그때 짱하고 다른 애들은 본격적으로 사회 물을 먹기 시작한 거야.

주_ 사회 물은 또 뭐야?

원규_ ×× 사회 물 몰라? 레스토랑에서 일하는 ××들도 있었고,

짱은 오토바이 전문점에서 정비 배웠고. 난 조금씩 애네랑 길이 다르다는 걸 느꼈어. 근데, 웃긴 건, 걔네는 반대인 거야. 중학교 때만 해도 그 ××들, 날 ×× 비굴하게 들러붙는 아이로만 생각했거든. 그런데 고등학교 가니까 뭐랄까. 진짜 친구로 대해주는 거야.

주_ 그런데 넌 그 애들과 진짜 친구가 되고 싶지는 않았던 거네.

원규_ ×× 간절히 원할 때랑 다르지! 그런데 ××…….

원규가 갑자기 고개를 숙이고 머리카락을 움켜쥐었다. 내 심장도 벌컥벌컥 소리를 내며 요란하게 뛰었다. 나는 마른 침을 삼키고 원규에게 물었다.

주_ 그런데 뭐?

원규_ 일이 터졌어.

주_ 어떤 일?

원규_ 고등학교 2학년 겨울방학 때였어. 짱 머리가 개××나게 깨졌어.

주_ 어쩌다?

원규_ 헬멧도 안 쓰고 여친 뒤에 태우고 ×× 달리다 다른 폭주족 애들하고 시비가 붙었거든. 그래서 ×× 무모하게 경쟁하다 전봇대며 가로수며 들이박고 상점 유리창 죄다 깨먹고 박살난 거지. 근데 더 심각한 건 그 다음이야.

주_ 뭔데?

원규_ 바로 그날 다른 애들은 포장마차에서 동네 형들하고 시비가 붙어서 싸움이 났는데.

주_ 그런데?

원규_ ×× 크게 번져서 말리던 포장마차 아줌마 ×××까지 다치고 친구들, 동네 형들도 장난 아니게 다쳤어. 그거 아홉 시 뉴스에도 나왔어. 뭐 ×× 앵커 ××가 입에 개거품 물며 보도했대. 난 못 봤지만.

주_ 그 뒤로 어떻게 됐어?

원규_ ×× 어떻게 되긴! 서클 애들 전부 예전에 삥 뜯고 다닌 일까지 모두 엮어 줄줄이 소년원 들어갔지.

주_ 짱은?

원규_ ×× 뒈지진 않았는데 머리 다친 건 심각했어. 아마 ×× 됐을 거야.

주_ 너는?

원규_ ××…… 나만 살아남았어. 그런데 슬펐어. 살아남은 게 ×× 안 기뻐.

주_ 그래도 운이 좋은 거 아니야? 잘 피해 갔잖아. 그럼 잘된 거지.

원규_ 아니야! 이건 ×× 어려운 문제야.

주_ 뭐가 어려워?

원규_ 난 그 친구들을 이용했다고! 짱도 마찬가지고. 아무도 리얼로 대한 적이 없단 말이야. 난 그저 안 맞고 삥 뜯기지 않을 수 있

는 든든한 백이 필요했어. 영혼 없이 어울린 거야. 여친도 그 분
위기에 어울리려고 사귀었다고! ××…… 나 ×× 비겁하지?

주_ 비겁한 건 사실이지만 솔직한 건 좋네.

원규_ 난 외톨이였어. ×××팔리지만 사실이야.

주_ 만약 다시 중학교 시절로 돌아간다면 어떻게 할래?

원규_ 글쎄 …… 모르겠어.

마지막 원규의 대답이 머릿속에서 떠나지 않았다. 그래서 누군가가

들어야 하고 누군가와 나눠야 하는 것 아닐까. 혼자서는 답을 찾을 수 없으니까.

원규는 지금도 좌충우돌 우왕좌왕이다. 하지만 조금씩, 아주 조금씩 아프지 않고 제법 괜찮아지고 있다.

그냥 다 싫어요

_ 거리를 헤매는 다섯 아이들 이야기

2013년 겨울, 청소년 쉼터에서 가출 청소년들을 임시로 보호하고 자립의 기회를 지원해주는 프로그램을 운영할 때였다. 가출 청소년들에게 잠자리와 식사를 제공해주면서 집으로 돌아갈 수 있는 아이들에게는 상담과 설득을, 집으로 돌아갈 여건이 안 되는 아이들에게는 직업 훈련원이나 성인이 될 때까지 그들을 돌봐줄 국·공립기관을 소개해주는 프로그램이었다.

그 프로그램에 잠시 재능 기부로 참여한 나는 그때 만났던 아이들을 다시 만나보고 싶었다. 청소년 쉼터에서 기대했던 만큼 가출 청소년들이 집이나 학교로 돌아가지 않았기 때문이다.

2014년 1월, 나는 청소년 쉼터에서 퇴소한 다섯 명의 아이들을 만났다. 그 아이들은 2013년 12월 25일, 크리스마스에 함께 쉼터를 나왔다. 처음 쉼터에 입소했을 때 그 아이들은 서로 티격태격하며 살벌한 신경전을 벌였지만 약 한 달 동안 한솥밥을 먹으며 어느새 가까운 친구 사이가 되어 있었다.

하지만 다섯 아이들을 만나는 동안 내 마음은 점점 무거워졌다. 다섯 아이들 모두 집이나 학교로 돌아가지도 않고 직업훈련원 같은 시설에도 정착하지 않은 것이다.

진우

가장 먼저 연락이 닿은 아이는 진우였다. 진우는 지하철역 근처 피시방을 돌아다니며 힘겹게 겨울을 견디고 있었다. 말 그대로 하루하루를 버티는 게 힘들어 보였다. 진우를 만난 장소 역시 지하철역에서 멀지 않은 재래시장 근처의 지하 피시방이었다.

주_ (피시방을 둘러보며) 잠을 여기서 자?

진우_ 밤 열두 시 넘으면 들어가요. 회원 가입된 곳에선 5천 원이면 담날 아침까지 그냥 개겨요.

주_ 그래도 시간제한이 있잖아.

진우_ 아침 알바 교대 타임엔 어수선해서 체크도 잘 안 해요. 귀찮아서 나가라고도 잘 안 해.

주_ 그렇게 오전 몇 시까지 있는데?

진우_ 한 열 시, 열한 시? 눈치 보이면 생까고 나와요. 배도 고프고.

주_ 그래. 맞다. 밥은 어디서 먹어?

진우_ 당산역 7번 출구.

주_ 7번 출구에 뭐 있어?

진우_ 몰라요? 밥차.

주_ 아, 밥차. 거기서 밥 먹을 수 있어?

진우_ (고개를 끄덕이며) 줄만 서면 돼요.

주_ 밥은? 맛있어?

진우_ ×× 맛으로 먹어요. 배 채우려고 먹는 거지.

주_ 근데 진우. 너 춥지 않냐?

작은 키에 왜소한 체격인 진우는 한겨울을 얇은 가죽 재킷 한 벌과 후드 티 한 벌로 버티는 것 같았다. 오랫동안 옷을 갈아입지 않아서 그런지 약간의 악취도 풍겼다. 진우가 몸을 움츠리며 대꾸했다.

진우_ 피시방 있을 땐 그럭저럭 견디는데, ×× 밖에 나오기만 하면 ×같아서.

주_ 피시방 요금은 있어?

진우_ 그때, 거기 쉼터 있을 때, 알바 좀 했잖아요. 한 10만 원 있었나. 그걸로.

주_ 그거 떨어지면 어떡하려고?

진우_ ×× 뭐 죽는 거지.

주_ 알바는 안 해?

진우_ 지겨워서.

주_ 뭐가.

진우_ 그냥 다.

진우에게 집에 돌아갈 생각은 없는지, 검정고시를 볼 생각은 없는지, 같은 질문은 할 수 없었다. 청소년 쉼터에서 상담할 때 이미 진우는 가출한 지 5년도 넘은 상태였다. 경남 진주에서 초등학교 6학년 때 집을 나온 진우는 서울에서만 떠돌아다녔다고 한다. 알바가 지겹다는 말이 당연했다. 이미 5년 동안의 가출 생활을 하면서 나이를 밝히지 않고 부모와 선생님 동의 없이 할 수 있는 온갖 음성적인 알바는 다 해봤을 것이다. 그동안 진우가 받았을 온갖 불합리와 폭력, 부당함을 생각하면 '알바'가 지겹고 끔찍할 게 뻔했다.

결국 진우에게 해준 것은 며칠 동안 피시방에서 지낼 수 있는 돈을 쥐여주는 게 고작이었다. 하지만 진우는 한사코 돈을 받지 않으려고 했다. 그런 녀석의 차갑게 식은 손이 내 마음을 더 아프게 했다.

만희

만희는 다섯 아이들 중 가장 나이가 어린, 열다섯 살이었다. 만희를 만난 곳은 영등포역 근처 만화방이었다. 말이 만화방이지, 그곳에서 만화를 보는 사람은 거의 없었다. 대부분 하룻밤을 보내기 위해 모여든 것 같았다. 하루 삼천 원만 내면 하루 종일 시간을 때울 수 있는 그곳을, 만희는 청소년 쉼터에서 퇴소한 뒤 단 한 번도 벗어나지 않았다고 했다. 삼천 원, 삼천 원, 삼천 원……. 만희 역시 쉼터에서 얼마간 벌었던 돈으로 그렇게 하루하루를 견뎌내고 있었다.

다시 만난 만희는 몰라보게 야위어 있었다. 일단 밥부터 먹여야겠다고 생각해서 식당으로 가자고 했지만 만희는 나가기 귀찮다고 했다. 그래서 만화방에서 먹을 수 있는 컵라면을 사주었다. 만희는 컵라면을 무려 다섯 개나 쉬지 않고 폭풍 흡입을 하더니, 화장실로 직행했다. 돌아온 만희에게 물었다. 만희의 상태가 심각해 보였기 때문이다.

주_ 왜 그렇게 많이 먹어?

만희_ 배고파서.

주_ 얼마 동안 굶은 거야?

만희_ (손가락으로 대충 세어보다) 사흘?

주_ 사흘 동안 아무것도 안 먹었어?

만희_ (고개를 끄덕인다)

주_ 뭐 좀 사먹지?

만희_ 안 돼.

왜 안 되는지는 묻지 않아도 알 것 같았다. 만희는 얼마 남지 않은 돈으로 이곳에서 겨울을 날 것이다.

주_ 여기서 겨울 보내려고?

만희_ 그렇지.

주_ 겨울 지나면? 어디 가려고?

만희_ 그때 가서.

주_ 집엔 안 들어가?

만희_ 집 없어.

주_ 그럼 너 …… 쉼터 다시 들어갈래?

만희_ 싫어.

주_ 왜? 거기 가면 공짜로 밥 먹고 잘 수 있잖아.

만희_ 혼자 있을 수 없잖아.

주_ 여긴 혼자 있는 거야?

만희_ 그냥 싫어.

만희는 말 섞는 것조차 힘겨워했다. 말하는 것, 판단하는 것 모두 만희에게는 버거운 일 같았다. 만희의 무기력함이 내 마음까지 무겁게 짓눌렀다. 이번에도 진우의 경우와 마찬가지로 만희에게 해줄 수 있는 것이 없었다. 만화방을 나서기 전, 만희에게 컵라면 몇 개를 더 사주는 것이 내가 해줄 수 있는 전부였다. 다섯 개를 한꺼번에 먹고도 물리지 않는지 만희는 컵라면 세 개를 더 먹었다.

장수

'장수'란 별명을 사용하는 열일곱 살 아이는 끝내 자신의 본명을 말하지 않았다. 청소년 쉼터의 간사가 본명이 뭐냐고 계속 추궁했을 때, 화를 내면서까지 자기 이름을 입에 올리지 않던 아이였다. 그 아이는 친구들 사이에서 자신이 계속 '장수'로 불렸다고 고집스럽게 반복했다. 옆에서 지켜보던 신부님은 조심스럽게 장수가 글을 읽을 줄 모른다고 알려주었다. 요즘 세상에 읽고 쓸 줄 모르는 사람이 있을까 싶었는데, 정말 그랬다. 그래서 유독 걱정스러웠고 퇴소 후 어떻게 살아갈지 궁금한 아이이기도 했다.

장수를 다시 만나는 일은 쉽지 않았다. 휴대폰도 없는 장수는 진우가 알려준 실마리를 통해 겨우 찾을 수 있었다. 장수는 광명역 근처의 공사 현장에서 막일을 하고 있었다. 장수는 여전히 이름도 나이도 밝히지 않고 일하는 탓에 외국인 불법체류자와 같은 수준의 일당을 받고 있었다.

나는 장수가 외국인 노동자들과 함께 지낸다는 컨테이너 앞 식당에서 장수를 만났다. 열일곱 살이라는 나이가 무색할 정도로 장수는 현장에서 잔뼈가 굵은 노동자처럼 보였다. 감자탕에 소주를 병째 들이키는 모습부터 그랬다.

주_ 그래도 넌 일을 하네. 힘들지 않아?
장수_ 힘들어도 해야죠. 돈 벌려면.

주_ 컨테이너에서 지내기는 어때?

장수_ 먹고 자는 건 문제 안 되는데요.

주_ 그런데?

장수_ 미희랑 같이 못 자는 게 ×× 짱나요.

미희는 장수가 쉼터에 있을 때 항상 내게 자랑하던 여자 친구였다. 카톡 사진으로 본 미희는 장수가 자랑스러워할 만큼 '얼짱' 소리를 들을 정도로 예뻤다.

주_ 너, 미희랑 결혼하고 싶어?

장수_ 당장이라도.

주_ 미희도 그렇게 하고 싶대?

장수_ 아니.

주_ 그럼 좀 나중에 하고 싶대?

장수_ 아니요. 사실.

주_ 사실 뭐?

장수_ 미희 지금 못 만나요.

주_ 왜.

장수_ 좀 내자고 해서.

주_ 그래 …….

장수_ 그래도 ×× 포기 안 해요. 여기서 돈 ×× 벌어 미희랑 살 거예요.

어쩌면 미희란 친구는 장수와 아무 관계도 아니었을지 모른다. 나는 더 묻지 않았다. 여전히 장수는 미희가 돌아올 거란 희망을 품고 있었다. 어쩌면 그 희망은 단순한 여자 친구에 대한 그리움이라기보다는 누군가와 함께 있고 싶고 누군가를 지켜주고 싶다는 마음인 것 같았다.

도희와 창준

그 다음으로 도희는 우여곡절 끝에 연락이 닿았고 그래서 만나기까지 했지만 인터뷰는 제대로 할 수 없었다. 쉼터에서 몇 안 되는 가출 여자아이 중 한 명인 도희는 자신이 해오던 일을 조심스럽게 내게 말해주었다. 중학교 2학년 때 가출한 도희는 그 뒤 거리에서 만난 남자애들, 여자애들과 뭉쳐 가출팸을 만들었고, 그곳에서 '보도 일'(불법 성매매를 가리키는 은어)을 시작했다. 보도 일은 몹시 불안하고 위험천만하다. 미성년자인 도희가 성인 사이트에 자신의 연락처를 올려놓으면 상대편으로부터 콜이 들어오고 성매매가 이루어진 뒤 돈을 받는 식이다. 쉼터에 들어왔던 건 더 이상 그런 일을 하고 싶지 않아서라고 했다. 그런데 퇴소 이후에 도희는 그 일로 다시 돌아가고 말았다. 사람들로 북적이는 논현역사거리에서 잠깐 만난 도희에게 할 수 있는 말은 많지 않았다.

주_ 건강은? 괜찮아?

도희_ 몰라요. 맨날 토 쏠리고 그래요.

주_ 약 먹어. 겔포스 같은 거.

도희_ 그렇잖아도 먹고 있어요. 그래도 소용없어.

주_ 술 적당히 마시고.

도희_ 알았어요. 쌤은?

주_ 난 원래 잘 못 마셔.

도희_ 잘됐네.

창준이는 구치소에 있다는 소식을 들었다. 크리스마스에 퇴소했던 창준이는 어처구니없게도 2014년 1월 1일에 이태원역 근처에서 강도상해 혐의로 구속되었다. 두 번 구치소로 찾아가 면회를 신청했지만, 창준이는 끝내 나와의 만남을 거부했다. 가까스로 창준이의 어머니와 연락이 닿았지만 어머니는 모든 걸 체념한 상태였다.

2013년 크리스마스, 퇴소하던 다섯 아이들의 환한 웃음을 잊을 수 없다. 쉼터 간사 선생님께 편지도 쓰고 프로그램을 함께했던 나와 찍은 사진이 아직도 내 핸드폰에 남아 있다. 왜 현실은 아이들의 환한 웃음에 관대하지 못한 걸까. 아이들이 바라는 게 그렇게 거창한 일은 아닐 텐데. 대체 어디서부터 잘못된 것인지 갈피를 잡을 수 없었다. 혼란스러운 만남이었고 그래서 더 안타까웠다.

안타깝게도 아직까지 다섯 아이들 중 누구와도 연락이 닿지 않는다.

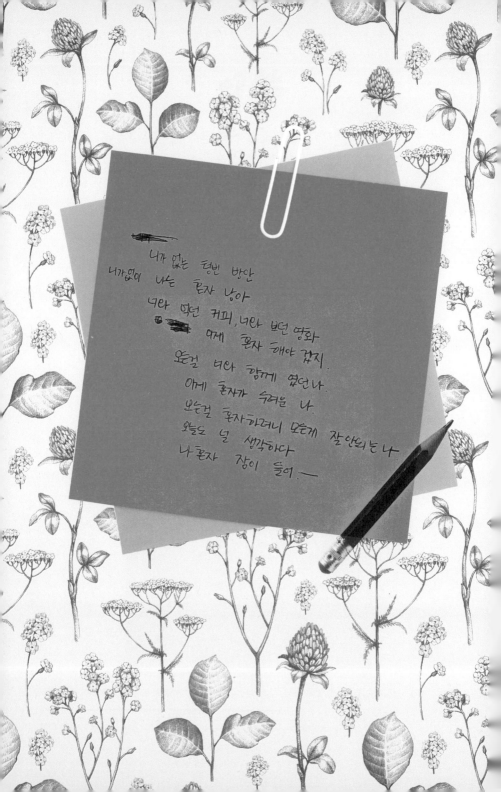

언니한테 너무 미안해

_ 랩 가사 쓰는 유미 이야기

작가 체험 프로그램을 진행하다 보면 간혹 남다른 창의성을 발휘하는 아이가 혜성같이 나타난다. 유미가 그랬다. 2012년 봄에 만난 유미는 사실상 어른들이 세워 놓은 기준으로만 보면 말 더럽게 안 듣는 되바라진 여자아이로 보였다. 외모와 옷차림새부터 심상치 않았다. 열여섯 살이란 나이가 무색할 정도로 성숙해 보이는 헤어스타일과 진한 화장을 한 유미가 인문계 고등학교에 정식으로 다닌다는 것 자체가 신기해 보였다. 옷차림은 또 어떻고? 봄 날씨라고 하지만 5월 초입에 접어든 날씨는 제법 더웠다. 그런데 프로그램에 가장 늦게 나타난 유미는 위아래를 가죽 패션으로 차려입고 있었다. 초여름에 가죽 재킷, 검은색 폴라티, 게다가 가죽 바지라니. 나는 처음부터 유미를 눈여겨봤다.

주_ 덥지 않니?

유미_ 신경 쓰여요?

주_ 누구? 내가?

유미_ 예. ×× 신경 ×× 쓰이면 벗어드릴게요.

주_ 아니야. 난 전혀 신경 쓸 일 없다.

유미_ 근데 왜 덥냐, 안 덥냐를 물어요.

주_ 그냥 걱정돼서. 이마와 목에 땀 흘리는 것도 그렇고.

유미_ 괜찮아요. 익숙해져서 상관없어요.

주_ 메이크업 …… 지워지지 않아?

유미_ 방수라 괜찮거든요오!

주_ 하나만 더 물어도 돼?

유미_ (약간 성가신 얼굴로) 말해요.

주_ 5월인데 아직도 가죽 재킷 …… 거 혹시 스타일이야?

유미_ 비슷해요. 간지.

주_ 응. 간지 난다?

유미_ (고개를 끄덕인다)

    유미와의 대화는 일단 그렇게 종료되었다. 하지만 제시어 쓰기 시간에 우리의 대화는 또다시 이어졌다. 그것은 어쩌면 불가피한 대화였다. 유미가 주제와는 전혀 다른 글쓰기를 하고 있었기 때문이다. 물론 나는 유미의 독창적인 글쓰기를 흥미롭게 지켜보았다. 유미는 한참만에 나의 시선을 의식하곤 중얼거렸다.

유미_ ×× 깜짝이야.

주_ 봐도 되는 거지?

유미_ 뭐, 상관은 없는데. 누가 보고 있다고 하니까 갑자기 ×× 떨어지네.

주_ 신경 쓰지 마.

유미_ 뭐, 됐어요. 쓸 만큼 썼어.

주_ 근데, 뭘 쓴 거야?

유미_ 맞춰볼래요? 내가 뭘 썼는지?

주_ 무슨 노래 가사 같은데.

유미_ 랩.

주_ 프리스타일 같은 거?

유미_ 응.

주_ 원래 랩 가사를 썼어?

유미_ 대충.

주_ 야, 근데 가사가 아니라 거의 시 같다.

　　나는 감탄했다. 굳이 수준을 말하는 건 그렇지만 유미가 아무렇게나 휘갈겨 쓴 랩 가사에는 열여섯 살 아이가 말할 수 있는 수준은 물론이고, 이를 뛰어넘는 수준이 무리 없이 녹아 있었기 때문이다. 사회 제도를 강력하게 비판하면서도 소녀의 풋풋한 감성이 어색하지 않게 어우러진 글. 그것은 한 편의 시였다.

누군가 내 앞에서 죽어버렸어.

누군가 내 곁을 갑자기 떠나버렸어.

혼자 남은 나, 혼자 있는, 아니 처음부터 혼자였던 방에

버려진 채로 남은 나,

버려진 뒤에도 혼자인 나,

갑자기 떠난 모든 것들에게 fuck!

미워할 수조차 없는 모든 것들에게 mother fucker.

유미의 랩 가사 中 일부

하지만 유미의 랩 가사를 거듭 살피다보니 깨달은 사실이 하나 있었다. 뛰어난 글솜씨에 적당한 리듬과 운율까지 섞어 놓은 세공 실력 아래 가라앉아 있는 우울함이 그제야 보이기 시작한 것이다.

열여섯 살 소녀의 감성이라고 하기에는 지나치게 사실적이었다. 뭐랄까 그냥 머릿속에서 지어낸 느낌이 아닐 것 같았다. 그래서였을까. 혹시나 하는 마음에 유미에게 안부를 묻는 메일을 보냈고 답장을 기다렸다.

유미가 보낸 답메일은 한 달이 지나서야 받을 수 있었다. 유미는 흔쾌히 만나자고 했고 우리는 한 달 만에 다시 만나게 되었다. 나는 유미를 논현동의 한 연예기획사 사무실에서 만났다. 그곳에서 일하는 내 오랜 지인에게 유미의 랩 가사를 소개하기로 한 것이다. 마침 그 연예기획사는 오디션이 한창 진행 중이었다.

유미는 단 한 명의 여성 싱어 송 라이터를 선발하는 오디션에 325

명의 지원자 중 한 명으로 참가했고 아쉽게도 결과는 탈락이었다. 물론 유미는 무슨 오디션이 당일에 노래 한 곡, 그것도 절반도 듣지 않고 평가하느냐며 분통을 터뜨리긴 했다. 하지만 유미는 기분이 나빠 보이지 않았다. 겉으로는 오디션 불합격을 아쉬워하며 툴툴거렸지만 나와 연예기획사를 만나 자신의 재능을 보여줄 수 있게 된 것을 내심 기뻐하는 눈치였다.

오디션이 끝난 뒤 유미와 나는 간단히 식사를 하고 이런저런 이야기를 나누었다. 사실 나는 유미를 만나 확인하고 싶은 것이 따로 있었다. 그런데 대화가 무르익기도 전에 유미가 먼저 내가 하고 싶었던 이야기를 끄집어냈다.

유미_ 그때 쓴 거 있잖아요.

주_ 프로그램 때?

유미_ 예.

주_ 그렇잖아도 나도 그것 때문에 할 말 있었는데.

유미_ 어? 나도 그런데? 근데 무슨 할 말?

주_ 너도? 먼저 말해볼래?

유미_ 쌤이 먼저 해요.

주_ 글쎄 그게.

유미_ 왜? 말하기 어려운 거예요?

주_ 대뜸 말하기가 조심스러워서.

유미_ 그런 게 어딨어요? 말하기가 쉽고 어려운 게 어디 있냐고요. 말할 수 없거나 있는 것만 있지. 안 그래요?

주_ 그래. 그래야 하는데 그렇게 인생이 간단하지 않아서.

유미_ 빙빙 돌리니까 내가 먼저 말할게요. 그 가사 말이에요.

주_ 응.

유미_ 그거 누구 이야기인지 궁금하지 않아요?

유미가 그렇게 말하는 순간 당황스러웠다. 내가 묻고 싶었던 말, 생각을 유미도 똑같이 하고 있었던 것이다. 잠시 말을 잇지 못하고 눈만 깜빡거리자 유미는 대충 감 잡았다는 표정으로 더 자신 있게 말을 이어갔다.

유미_ 쌤도 궁금했어요? 그 가사 지어낸 건지, 아님 실제로 겪은 건지?

주_ 당근 궁금했지. 내가 묻고 싶던 것도 그거였어.

유미_ 쌤. 난 한 번두요.

주_ 응. 계속해.

유미_ 내가 겪지 않은 걸 꾸며서 글 쓴 적 없어요.

유미의 말 한마디로 우리는 갑자기 입을 다물어버렸다. 유미는 그대로였다. 얼음장처럼 얼굴빛이 굳은 건 나였다. 랩 가사 속의 죽음, 예전에 오토바이 사고로 세상을 등진, 내 소설의 첫 팬이었던 지후가 떠올랐기 때문이다. 나는 잠깐 생각할 시간이 필요했다.

잠시 후 우리는 다시 대화를 이어갔다. 나의 질문으로 이야기가 시작되었다.

주_ 계속 물어봐도 돼? 돌려 말하지 않고 물을게.

유미_ 얼마든지.

주_ 유미, 네 앞에서 갑자기 사라졌다는 사람 말이야 …… 혹시 가족이야?

유미_ 응.

주_ 누구야?

유미_ 언니.

주_ 친언니?

유미_ 응. 나보다 세 살 많은.

주_ 그래.

유미_ 지금은 없지만 살아있으면 이번에 대학 입학했을 거야.

주_ 언제부터 안 보이게 된 거야?

유미_ 1년.

주_ 왜 …… 아팠어?

유미_ 아팠지.

주_ 어디?

유미_ 여기.

나는 유미의 표정과 유미가 자신의 손가락으로 가리킨 곳을 동시에 살폈다. 유미의 얼굴에는 절망과 안타까움이 뒤섞여 있었는데, 그런 유미가 가리킨 곳은 바로 자신의 심장이었다. 유미가 말을 이었다.

유미_ 언니는 마음 …… 마음이 많이 아팠어.

주_ 그랬구나.

유미_ 아직도 이해 못 해.

주_ 어떤 점이?

유미_ 언니가 갑자기 왜 자살했는지 모르겠어.

주_ 이해해. 모르는 게 당연한 거야.

유미_ 그리고 또 있어.

주_ 뭔데?

유미_ 언니한테 너무 미안해.

주_ 뭐가 미안한대?

유미_ 그냥. 전부 다. 살아있는 게 미안해. 미안해서 싫어. ×× 짜증나. 짜증나니까 자꾸 혼자 있게 돼. 그냥 그래.

정리할 수 없는 상황이란 것이 있다. 유미와의 그때 그 시간이 그랬다. 나는 부러 유미의 마음을 다독여주고 싶지 않았다. 화가 나면 나는 대로, 짜증나고 슬프면 또 그대로 자기 자신을 보여줄 필요가 있다. 유미가 겪은 일들은 누구의 탓도 아닐 것이다. 그럼에도 유미는 자신만 살아남은 사실에 대해 이해하기 힘들 정도로 큰 죄책감을 느끼는 것 같았다.

주_ 살아있는 건 그냥 그대로야. 그건 미안할 것도, 미안하지 않을 것도 아니야.

유미_ 무슨 뜻이야?

주_ 우린 그냥 주어진 대로 살 필요가 있다는 말이야.

유미_ 어렵네.

주_ 난 유미, 네가 오늘처럼 짜증나는 오디션을 계속 보는 것 자체가 살아가는 거라고 생각하는데. 아니야?

유미_ 언니 때문이야.

주_ 언니가 하고 싶었던 일이야?

유미_ 아니.

주_ 그럼?

유미_ 언니가 나를 보며 늘 하던 말이야. 가수 되라고 …… 노래 부르고 곡 쓰라고 …… 그래서 하는 거야.

주_ 살아있으니까?

내 마지막 질문에 유미는 답하지 않았다. 쓴웃음 비슷한 것을 한번 떠올리고는 가야 할 곳이 있다며 먼저 일어났다. 나는 유미를 응원했다. 슬프고 짜증난다고 말했지만 유미는 계속해서, 멈추지 않고 자신보다 앞서 간 언니를 위해 무엇인가 보여주려고 애쓸 것이다. 비록 유미가 앞으로 몇 번의 좌절과 몇 번의 실망을 반복할지 장담할 수 없지만, 그래도 계속해서 유미가 살아있어주기를 간절히 기도할 수밖에 없다. 이렇게 살아가는 것, 살아있는 것. 그것이 어쩌면 우리보다 앞서 하늘로 간, 우리가 사랑하는 사람들에 대한 예의가 아닐까.

2014년 가을, 열여덟 살이 된 유미는 좀 더 분주하고 썩 진지해졌다. 수능 대신 더 많은 랩과 노래 가사를 썼다. 그리고 오디션도 더 진지하게 임하고 있었다. 우리는 청담동 엠넷 건물 근처에 있는 음악 기획사 앞에서 만났는데, 너무 짧은 치마를 입은 유미를 보고 나는 입이 벌어졌다. 유미가 쑥스러워하며 오디션 때문에 입은 거라고 너스레를 떨었다. 커피전문점에서 얼그레이를 나눠 마시면서 유미는 랩퍼 이야기를 쉴 새 없이 쏟아냈다. 국내 인디 뮤지션부터 해외 랩퍼까지. 나도 랩을 좋아하는 편이지만 아는 이름보다 모르는 이름이 훨씬 더 많았다.

내 눈에는 신 나게 떠들면서 꼭 오디션을 통과하겠다는 유미가 조금씩 살아나는 것이 보였다. 그게 좋았다. 그거면 됐다.

그때 이미 나는 죽었을 거야

_ 지옥 같은 학교를 견디는 성주 이야기

강서구의 한 대안학교에서 작가 체험을 진행했을 때의 일이다. 아주 특별한 아이를 만났는데 이름은 성주, 나이가 열여섯, 고등학교 1학년 생이었다.

프로그램에 '작가 체험'이란 타이틀이 붙는다면, 그것은 최소한 한 문장의 글이라도 남기는 것을 목표로 한다. 그래서 아무리 글쓰기를 싫어하는 아이라도 쉬는 시간까지 합쳐 세 시간여 동안 그림이나 낙서, 하다못해 잡문 한 문장이라도 남기지 않고는 못 배기게 되는 것이다. 그런데 성주는 달랐다. 성주는 작가 체험 시간 내내 단 한 줄의 글도 쓰지 않았다. 심지어 글쓰기를 체험하기 전에 진행되는 ○×퀴즈에서도 성주는 자신에게 주어진 종이 위에 아무 흔적도 남기지 않았다.

지도 선생님이 참여를 독려해도 결과는 달라지지 않았다. 나는 그런 성주가 자꾸 눈에 들어왔다. 다소 왜소한 체격의 성주가 그 또래 아이들이 그러듯이, 전형적인 반항심을 드러내기 위해 백지로 남겨둔 것은 아닌 것 같았다. 성주는 프로그램 시간 내내 비교적 안정되고 바른 자세로 자리를 지키고 있었다. 담배를 피우러 밖에 나가거나 또래 남학생들과 어울려 강한 수위의 음담패설을 주고받지도 않았다.

나는 성주의 표정을 가만히 살폈다. 그러자 어렴풋하게나마 성주가 왜 글을 쓰지 못하는지 짐작이 되었다. 성주는 무엇인가에 잔뜩 겁을 먹고 있었다. 상대방을 똑바로 쳐다보지 못하고 불안해했다. 쉬는 시간에 화장실조차 못 가고 정물처럼 자리에 앉아 책상 위의 백지만 내려다보고 있었다.

프로그램이 끝난 뒤 나는 조심스럽게 성주에게 내 이메일 주소와 연락처를 가르쳐주었다. 그리고는 성주의 연락처를 물었다. 성주는 여전히 불안하고 두려움 가득한 얼굴이었다. 나는 나중에 한 번 더 작가 체험에 참여할 기회를 주고 싶다고 말했다. 특별 과외라는 말까지 동원하여 성주를 안심시켰다. 결국 한참 동안 망설이던 성주가 자신의 연락처를 적어주었다. 그것도 이메일이 아닌 핸드폰 번호. 그때 성주에게서 두 가지 마음을 읽었다. 자신을 최대한 다른 이들의 눈에 띄지 않게 숨기려는 마음이 하나라면, 자신이 이렇게 숨어들 수밖에 없는 이유를 말하고 싶다는 간절한 마음이 또 하나인 것 같았다. 나는 분명 그렇게 느꼈다.

그로부터 일주일 뒤, 나는 성주에게 장문의 문자메시지를 보냈다. 성주를 만나거나 다른 방법으로라도 대화를 나누고 싶다는 내용이었다. 답장은 바로 오지 않았다. 하루가 지나고 이틀이 지난 저녁 11시경. 한 통의 문자메시지가 왔다. 성주였다.

성주는 자신이 사용한다는 카페 채팅창 주소를 가르쳐 주었다. 회원이 성주 혼자뿐인 인터넷 카페였다. 카페 이름도 무성의하게 '3'이었다. 나는 카페에 가입 신청을 했고 2시간 만에 성주가 운영하는 카페의 최초 회원이 되었다. 그날 밤 우리는 둘만의 공간에서 대화를 나누었다. 비록 얼굴을 맞대고 하는 대화가 아니라 인터넷 채팅창에서 나누는 대화였지만, 성주가 털어놓은 이야기는 제법 대차게 청소년기를 견뎌왔다고 자부하던 나도 감당하기 어려웠다. 그때 나눈 이야기를 세세하게 싣는 것은 읽는 이나 쓰는 이, 모두에게 지옥일 것 같아 대략 간추린 내용만 소개한다.

주_ 할 말이 많은 거 같아 보여.

성주_ 그래 보였어요?

주_ 응. 그래서 오히려 프로그램 때는 백지로 남겨둔 게 아닐까 싶은데.

성주_ 그 작가 체험 때.

주_ 응. 말해.

성주_ 19년 후의 '나'를 적어보라고 했잖아요.

주_ 그렇지.

성주_ 난 그대로 적은 거예요.

주_ 뭘?

성주_ 19년 후의 '나' 말이에요.

주_ 텅 빈 백지가 19년 후의 성주 모습이야?

성주_ 예.

주_ 어째서?

성주_ 난 그 전에 이미 죽었을 테니까요.

단순히 감상적인 말이라고 보기 어려운, 불길한 기운이 느껴졌다. 나는 성주가 자신의 불안에 대해 보다 솔직하게 말하게 하고 싶었다. 물론 성주가 누군가에게 자신의 이야기를 간절하게 들려주고 싶어 한다는 것을 확신하고 있었기 때문이다.

주_ 혹시 …… 그 죽음. 자살을 뜻하는 거야?

성주_ 아니에요.

주_ 그럼?

성주_ 난 이러다 죽을 거예요. 이렇게 그대로 있다가 죽어버리고 말 거예요.

주_ 누가 괴롭혀?

성주_ 괴롭힌다고요? 허.

주_ 말해봐. 무슨 일이 있었어?

성주_ 무슨 일? 괴롭힘? 그 정도 싼 말로는 부족해요.

주_ 그 말은 더 강도 높은 폭력을 말하는 건가?

성주_ 작가라 그런지 말귀를 잘 알아먹네요.

주_ 내 짐작이 대충 맞아?

성주_ 맞아요. …… 살해 위협이에요.

주_ 살해 …….

성주_ 나 …… 매일 죽음의 위협에 시달려요. 이러다 죽기 싫어 자살해도 내 잘못이 아닌 거죠? 지옥에 가는 거 아닌 거죠?

성주는 내가 작가이면서 목사란 사실을 알고 있었다. 내가 목사라는 사실을 밝히지 않았음에도 성주가 알고 있다는 건 이미 내 신상에 대해 관심을 갖고 알아봤다는 것을 뜻한다. 자살한 사람은 저주를 받거나 지옥에 간다고 교회에서는 흔히 말한다. 물론 속뜻은 생명을 존중하라는 것이다.

주_ 우리 좀 더 구체적으로 살펴보자.

성주_ 뭘를요?

주_ 너에게 살해 위협을 가한 게 누군지 말이야.

성주_ 두 부류예요. 아니, 인간들과 인간.

주_ 인간들과 인간?

성주_ 아니죠. 인간들도 아니고 인간도 아니에요. 맹수들과 맹수. 그래요. 그 말이 딱 맞아요.

주_ 맹수들이라면 …… 친구들이라고 부를 수도 없는 또래 녀석들을 말하는 건가?

성주_ 제대로 봤어요. 그걸 친구라고 부르는 건 지금까지 당해온

내 고통에 대한 예의가 아니에요.

주_ 쌓인 게 많았나 보구나.

성주_ 그 맹수들. 사람의 탈도 쓰고, 짐승의 탈도 쓰고 있어요. 짐승이라면 차라리 그냥 물어뜯고 때리기만 했겠죠.

주_ 그것만이 아니었겠지.

성주_ 말하고 싶어요. 다 말해도 돼요?

주_ 그래. 말해. 얼마든지.

성주_ 지금부터 내가 어떤 말을 해도 이건 진실이에요. 그거 믿을 수 있어요? 믿어야 해요.

주_ 나한테 믿지 못할 일이란 없어. 그리고 여긴 우리 둘밖에 없어. 둘밖에 없으니 말해봐.

망설였던 걸까. 성주가 갑작스럽게 퇴장했다. 하지만 난 퇴장하지 않고 기다렸다. 왠지 느낌이 그랬다. 기다리면 성주가 다시 채팅방으로 돌아올 것 같았다. 그리고 그래야 한다고 믿었다. 그렇지 않으면 성주는 더 깊은 자기만의 방에 틀어박힐 것 같았다. 불안과 초조가 계속되던 끝에 기대했던 대로 성주가 다시 돌아왔다.

성주가 털어놓은 학대의 내용들은 그야말로 상상을 초월했다. 성주에 대해 내가 알고 있던 사실은 성주가 왕따를 당하고 중학교 또래 친구들에게 집단 괴롭힘을 당한 끝에 스스로 자퇴한 뒤 아빠의 권유로 대안학교에 입학했다는 것 정도였다. 그래서 성주에게 살해 위협을 느끼게 한 이들의 정체가 집단 괴롭힘에 참여한 친구들일 것으로 짐작한 게 전부였다.

성주의 말은 진실이었다. 비록 컴퓨터 모니터에 띄운 채팅창에서 이루어진 대화였지만 성주의 진심은 더할 나위 없이 분명하게 전달되었다. 그때 일을 생각하면 할수록 치가 떨리는지, 성주는 키보드를 치는 내내 계속 오타를 쳤다. 평소에는 은어나 비속어를 거의 사용하지 않았는데, 구체적인 괴롭힘의 내용들을 적어 내려갈 때는 자신의 감정을 숨길 수 없었던지 은어와 비속어, 준말이 남발해 해석이 어려울 때도 있었다.

성주가 살해 위협이라고 했던 말은 구체적인 내용을 듣고 보니 결코 과장이 아니었다. 어떻게 지금까지 살아있는지 용할 정도였다. 단순히 정기적으로 돈을 상납하고, 집단 구타를 당하고, 언어폭력으로 정신적 상처를 입는 수준이 아니었다. 성주가 말한 고통의 내용은 인간으로선 감당할 수 없는 육체적, 성적, 정신적 고문이었다. 더욱이 고문들은 끝이 보이지 않았다. 맹수들이 계속해서 학대의 수준을 높여 갔고, 그럴수록 주위의 다른 친구들의 무관심은 더 깊어졌다. 오히려 당하는 성주를 불쌍하게 보기는커녕, 얼마나 무능하면 저렇게 당하냐는 차가운 시선으로 성주를 대했다. 선생님들의 태도 또한 문제였다. 선생님들 역시 성주가 집단 괴롭힘과 폭력에 시달린다는 사실에 대해 적극적인 개입을 꺼렸다는 정황이 분명해 보였다.

아무도 성주를 도와주지 않았다. 학교는 성주에게 지옥이었고, 매 순간이 공포였다. 성주에게 도대체 무슨 말을 할 수 있을까. 나는 할 말을 잃었다.

그렇게 한동안 침묵이 흘렀다. 내가 먼저 침묵을 깨고 키보드를 두드렸다.

주_ 아빠가 널 대안학교에 입학시켰다고 했어.

성주_ 그랬죠.

주_ 아빠, 그리고 엄마도 성주 너의 사정을 알고 있었던 거지?

성주_ 물론이죠.

주_ 부모님이 도움을 주진 않았어?

성주_ 제가 아까 맹수들과 맹수에 대해 말했죠?

주_ 응. 그랬어.

성주_ 진짜 맹수는 아빠예요. 날 낳아준 그 ×××.

주_ 아빠가 왜? 아빠가 널 적극적으로 도운 게 아니야?

성주_ 처음 내 머리에 ×××들이 본드 발라 불붙이던 날. 머리통에 화상 입고 병원에 있을 때, 아빠가 한 말이 뭔 줄 알아요?

주_ 뭔데?

성주_ 오죽 약해 빠지면 이렇게 당하고만 있냐는 거였어요. 그게 말이 돼요? 그게 ×× 머리에 화상 입고 붕대 감은 아들 ××한테 할 말이냐고요?

주_ 아빠가 진짜 그렇게 말했다면 경솔하셨구나.

성주_ 진짜 그렇게 말했다면이 아니에요. 진짜, 리얼 진짜예요!

주_ 아빠는 네가 당한 거에 대해 어떻게 반응했어?

성주_ 무조건 참고 다니라 했어요. 사회 나가면 그보다 더한 일도 겪어야 한다면서요. 근데 맞아요? 쌤? 사회 나가도, 학교 졸업하고 직장 다녀도 나처럼 이렇게 당해요? 매일 아침마다 죽을 것 같아 무섭고 그러냐구요?

주_ 그건 아닌 것 같다. 아마도 아빠 네가 나약해지는 게 싫었던 것 같아.

성주_ 쌤! 이건 나약하고 말고가 아니에요. 난 그냥 옥타곤에 갇혀 버린 거라고요. 맹수들과 같이 뒤엉켜서요.

주_ 동의해. 그곳은 정말 지옥이야. 그런 곳은 사회에도, 어디에도 없어.

성주_ 맞죠? 그렇죠? 저 이해하죠? 그렇죠?

주_ 당연하지.

성주_ 근데 날 낳아준 맹수는 나보고 무조건 버티라고 했어요. 버티고 졸업하는 게 이기는 거라고 했어요.

주_ 그곳에 계속 다니라고 하셨단 말이야?

성주_ 예.

주_ 가해 학생들에 대한 처벌은?

성주_ 처벌? 그런 거 없었어요. 아빠, 그 ×××, 무슨 짓 했는지 알아요?

주_ 무슨 짓을 했는데?

성주_ 날 매일 매일 죽여 놓는 ×× ×××들, 아빠들하고 단란 가서 술 처먹고 난리도 아니었어요. 애들끼리 그럴 수도 있다면서. 오히려 내 아들이 잘 어울리지 못한다며 이해해 달라구요. 그게 말이 돼요! 말 되냐구요!

주_ 말 안 된다. 그건 명백히 아빠가 잘못한 거야.

성주_ 하지만 그 꼰대 맹수는 자기 잘못 인정하지 않아요. 지가 뭐든 옳아요. 절대예요. 아마 아들인 내가 죽어도 내가 잘못해서 죽은 거라고 막 합리화할 거예요. 그러고도 남을 ××예요.

주_ 그럼 대안학교 입학도 아빠가 허락한 건 아니겠구나.

성주_ 정말 죽을 것 같았어요. 그날 학교에 가면 정말 죽었을 거예요. 그날 나 방문 잠궜어요. 일주일 동안 방에서 안 나왔어요. 방문 따면 당신들 보는 앞에서 죽어버릴 거라고 했어요. 그러더니 결국 포기하고 날 그곳으로 보내준 거예요.

우리는 다시 침묵했다. 거의 30분 정도 이어진 긴 침묵이었다. 하지만 성주도 나도 채팅방에서 퇴장하지 않았다. 커서만 깜빡거리는 모니터 앞에서 난 무슨 말을, 어떻게 해야 할지 막막했다. 집에 있는 부모마저 아들의 공포를 이해하지 못한다면, 오히려 나약하고 무능하다고 질타한다면 도대체 성주가 서 있어야 할 곳이 어디인가.

주체할 수 없이 분노가 끓어올라 막막해하는 날 위로해준 건 오히려 성주였다. 성주는 채팅방에서 퇴장하지 않은 채 내 휴대폰으로 문자메시지를 보냈다.

- 얘기 들어줘서 고마워요

짧은 문자메시지와 함께 성주가 채팅방에서 퇴장했다. 성주가 퇴장한 뒤로도 난 한참 동안 채팅방에 그대로 남아 있었다. 가슴이 막히고 화가 나 견딜 수 없었다. 누구도 성주를 돕지 않으려는 것처럼 나 역시 성주가 겪은 일들을 기억하고 싶지 않았다. 그냥 도망가고 싶다는 욕망에 시달렸다.

한 달 뒤, 나는 다시 성주에게 문자메시지를 보냈다. 안부를 묻는 메시지였고, 답장은 놀라울 정도로 빠르게 왔다.

주_ 잘 지내?

성주_ 그럭저럭요.

주_ 한번 만나 영화 볼까?

성주_ 영화? ㅋㅋ

주_ ㅋㅋ

두 번째 만남은 채팅방이 아닌 영화관에서였다. 성주는 조금 밝아 보였다. 경계심은 여전했지만 말이다. 우리는 채팅방에서의 일을 말하지 않았다. 영화를 보고 나서 햄버거를 먹으며 이야기를 나눴다. 약간은 겉도는 대화였지만 그래도 우리 둘 사이엔 나름 비밀을 공유한다는 신뢰감이 생겼다.

내 역할이 이 정도밖에 되지 않는가, 하는 자괴감이 들었다. 여전히 성주에게는 홀로 헤쳐 나가야 할 일들이 쌓이고 쌓였을 것이다. 그 모든 일을 성주에게만 짐 지우는 현실을 어른인 나는, 선생님들은, 부모님은 어떻게 받아들여야 할지 아직 답을 찾지 못했다.

하지만 성주는 나름 견디는 방법을 알고 있는 것 같았다. 나만의 착각일지 모르지만 성주는 그래 보였다.

2014년, 고등학교를 졸업한 성주는 군 입대를 준비한다고 했다. 신체검사를 받고 결과를 기다리던 중에 성주를 만났다. 세 번째 만남이었다. 군 입대를 조금 서두르는 것 같다는 내 질문에 대한 성주의 답, 그 배후에는 여전히 아버지가 있었다. 성주 아버지는 성주의 나약함을 고칠 수 있는 방법으로 군 입대를 생각한 모양이었다. 나는 성주에게 똑똑히 말해줬다.

"환경을 바꾼다고 달라지는 건 아니야. 일시 처방은 될 수 있겠지만 나중에 더 큰 낙담으로 돌아올지 몰라."

그렇게 말한 뒤 마음이 개운치 않았다. 무거웠다. 성주 역시 얼굴 표정이 무겁게 가라앉았다. 그래서일까. 그날 영화를 보기 위해 만난 우리는 영화도 안 보고 그냥 헤어졌다. 그 뒤로 성주의 어두운 표정이 잊히질 않는다. 내가 그 아이에게 해준 말은 고작 이것뿐이었다.

"뭐가 되었든 네가 원하는 걸 했으면 좋겠어."

나는 경기도 평택에 살고 군대는 공군을 갔다왔고 결혼은 했고 부인은 지금현재에 여
자친구고 직업은 자동차정비사고 성격는 남들앞에서 눈길좋아하고 자신감좀 더생
겼고 해외여행은 일본, 미국, 태국을 다녀왔고 자식은 아들하나 딸하나까있고 얼굴은
더 늙어지고 친구들은 3명되있고 빈싼라우면은 남들한테 필요한사람 되어주고 차는
아우디끌고 취미는 기타치고 휴일에는 자식들하고 놀아주고 하루에 한잔씩하고 나는
행복하다

안 미안하면 그게 사람이에요?

_ **폭력 본능 도형이 이야기**

딱 첫인상과 겉모습만으로 이야기하자면 도형(18세)이는 무서운 녀석이었다. 체격 자체가 장난이 아니었다. 190센티미터 가까이 되는 키에 몸무게도 100킬로그램은 넘는 것 같았다. 허벅지가 웬만큼 마른 여자 허리 사이즈와 비슷할 정도였고 양팔에 시퍼렇고 원색적인 문신이 한가득했다.

도형이는 소년원 출신으로 청소년 쉼터에 머물고 있었지만 내가 진행하던 직업 체험 프로그램에 참여한 적은 한 번도 없었다. 도형이의 아주 친한 친구가 작가 체험 프로그램에 참여했었고 그 인연으로 나는 도형이를 만나게 된 것이다.

도형이를 보면서 내 감정은 복잡했다. 화가 나고 안타까우면서도 가슴이 아파 눈시울이 붉어졌다. 이제까지 아이들과 프로그램을 진행하면서 이만큼 감정적으로 힘들었던 적은 처음이었다. 왜 그랬을까? 아무튼 도형이를 보면 그랬다.

도형이의 소년원 입소 이유는 폭행이었다. 도형이는 전형적인 싸움꾼으로 강북 일대에서도 소문이 자자했다고 한다. 도형이는 자신의 폭력 본능을 자랑스럽게 여겼다. 도형이의 친구로부터 "지금까지 또래와 맞짱 떠서 한 번도 진 적이 없다."는 말이 나왔을 때 도형이는 숨길 수 없는 만족감에 입이 실쭉 벌어지기도 했다.

난 그런 도형이를 보며 화가 났다. 도형이는 폭력성이 만성이 된 것 같았다. 이 아이와 무슨 얘기를 할 수 있을까? 이것이 솔직한 내 심정이었다.

주_ 지금까지 몇 명을 골로 보낸 거야?

도형_ ×× 안 세어봤어요. 나한테 맛 간 ××가 한두 명이야? ××.

주_ 왜 때린 건대?

도형_ ×× 개기니까 패지. 뭐 이유 있어요?

주_ 때릴 때 기분이 어때?

도형_ 짜릿하죠. 게임 해봤어요?

주_ 무슨 게임?

도형_ 시시한 거 말고 ○○○○ 같은 거.

주_ 안 해봤어.

도형_ 그런 죽이고 찌르는 게임 밤새 해봐야 스트레스 안 풀려. 직접 두들겨 패봐야 그 맛을 알지.

주_ 맞는 상대 기분 같은 건 생각 안 해?

도형_ ×× 나 기분 느끼기도 급한데 왜 맞는 ×× 기분까지 알아야 하는데?

주_ 그래. 그럼 좀 민감한 질문 좀 해도 될까?

도형_ 맘대로.

주_ 소년원 갔을 때는 누굴 때린 거야?

도형_ ×× 의리 없는 ××들. ×팔린 줄 알아야지.

주_ 학교 친구들이야?

도형_ 그냥 ××× 굴기에 좀 밟아준 게 전부예요. 그것 갖고 ×× ××한테 신고하고 학교로 백차 오고 난리도 아니었죠.

주_ 그 친구들이 신고한 게 원망스러워?

도형_ 당근. 내 ×× 걸고 신고한 그 ××들 ×××를 찢어놓을 거야. ××.

주_ 또 때린다고? 그거 위험하지 않아? 지금 블랙리스트에 올랐을 텐데.

도형_ ×× 어차피 ××이야. 더 내려갈 때도 없어.

주_ 혹시 이종 격투기 같은 거 배워볼 생각 없어?

도형_ 뭐요?

주_ 이종 격투기. 요즘엔 입식이 대세니까 K-1 말고 프라이드 쪽으로. 체육관도 꽤 늘어난 것 같은데.

도형_ 시시하게.

주_ 엄마 아빠한테 운동한다고 말하는 게 더 편할 것 같은데. 내 생각엔 말이야.

도형_ 쌤은 몰라. 몰라요.

주_ 뭘?

도형_ 난 ×× 진짜 리얼 때리는 게 짜릿해. 다른 건 필요 없다고.

주_ 이종 격투기도 때리는 거잖아.

도형_ ×× 다 ×구라잖아. 글러브 끼고 여자애들처럼 뭐하는 거야. 장난쳐?

주_ 그럼, 애들 패는 거 말고 다른 거 재밌는 건 없어?

도형_ 또 하나 있죠.

주_ 그게 뭔데?

도형_ 여자애들 ×××거.

주_ 뭐?

도형_ ×× 쌤. 나이 든 ×, 어린 × 가릴 거 없이 ×××. 장난 아니야.

화가 났다. 더 이상 도형이를 그 또래 평범한 아이로 볼 수는 없었다. 나는 한 번도 소년원이나 쉼터에 있는 친구들에게 어떤 결과에 대한 원인을 물은 적이 없었다. 하지만 도형이의 경우는 나의 원칙을 깰 수밖에 없었다. 전형적으로 생각도 비뚤어졌고, 행동도 비뚤어진 아이. 그런 도형이를 보고 있자니 막 화가 치밀었다. 이 아이에게 맞고, 돈 뺏기고, 치욕감을 느꼈을 다른 아이들을 생각하니 치밀어 오른 화가 쉽게 가라앉을 것 같지 않았다. 처음으로 나는 다시는 이 아이를 만나는 일이 없기를 바랐다.

하지만 보름 뒤, 도형이에게서 연락이 왔다. 다짜고짜 영화를 보여
달라고 통보하듯 말하는 것이다. 나는 만나고 싶지 않았다. 아니, 이런
아이와는 말도 섞고 싶지 않았다. 그럼에도 나는 도형이를 만나 함께
영화를 보고 저녁을 먹었다. 행여 내가 거절했다가는 그 여파가 도형
이를 소개해준 친구에게 돌아갈까 염려스러웠기 때문이다.

그런데 이상한 일이었다. 도형이와 두 번째 만났을 때는 화가 나지
않았다. 사실 도형이는 무엇 하나 달라진 것이 없었다. 여전히 말투는
건방졌고, 태도는 무례했다. 하지만 도형이 자신의 현재 상황을 이야
기할 때 나는 화를 낼 수 없었다. 그 대신 내 마음은 안타까움으로 고
통스러웠다.

주_ 부모님은 뭐 하셔?

대뜸 부모님 이야기를 꺼낸 사람은 내가 아니라 도형이였다. 저녁
으로 순댓국을 먹던 도형이가 아빠 얘기를 불쑥 꺼낸 것이다. 내 질문
에 도형이는 고개를 푹 숙이고 숟가락질에 열중하는 척하며 대답했다.

도형_ 아빠 징역 살고.
주_ 징역?
도형_ 응.
주_ 엄마는?
도형_ 청소.

주_ 어디로 나가시는데?

도형_ 몰라 ×× 종각 어디라고 하는데. ××.

주_ 아빠는 언제 출소할 예정이시래?

도형_ 것도 몰라 ×× 면회 가도 ×까지만 하고. 완전 ××야. 답답
해 미치겠어.

주_ 넌 앞으로 뭐 할 거야?

도형_ 나요?

주_ 응. 학교는 그만뒀다며.

도형_ 그렇죠. 학교는 무슨.

주_ 그럼?

도형_ 스카웃.

스카우트란 말은 도형이의 친구로부터 이미 들은 적 있었다. 주먹
잘 쓰고 소년원 분위기도 익힌 도형이는 '그 계통'에서는 '될성부른
떡잎'으로 대우받는다는 것이었다. 나는 도형이의 이야기를 더 들어
야겠다고 생각했다.

주_ 미안한데 뭐 하나 물어봐도 돼?

도형_ 말해요.

주_ 아빠 …… 무슨 죄야?

도형_ 뭐긴 뭐야. 폭력.

주_ 폭행 같은 거?

도형_ 응. 벌써 그쪽으로만 별이 열 개 넘어.

주_ 너. …… 스카우트 되는 거 불안하지 않아?

도형_ 뭐가 불안해?

주_ 아빠처럼 악순환이 반복되는 거 말이야.

도형_ 빵에 갔다 징역 맞고 살고 나오고 또 들어가고. 대충 그런 거 아니야?

주_ 계속 그런 식이면 아예 다른 기회가 생기지 않을 수도 있어. 그래도 좋아?

도형_ 다른 기회가 어딨어?

주_ 왜 없다고 생각해?

도형_ 있어요? 있음 말해봐요.

도형이의 눈빛을 보았을 때 난 가슴이 철렁 내려앉았다. 다른 기회가 무엇인지 말해달라는 도형이의 눈빛은 나에게 확신을 요구하고 있었다. 하지만 정작 나는 아무것도 확신할 수 없었다. 내가 무슨 말을 해도 그것은 교과서적인 말들이었다. 그것은 도형이에게 어떤 도움도 될 수 없을 것이다. 하지만 마음은 극단을 달려서 오히려 지극히 교과서적이고 상투적인 말이라도 하고 싶다는 생각이 간절해졌다. 지금까지 친구들을 때리고 괴롭힌 것을 반성하고 지금이라도 거리 생활을 멈추라고 말하고 싶었다. 내 마음은 갈팡질팡하며 극과 극을 달렸다. 하지만 끝내 아무 말도 못했다.

한 달 뒤, 도형이를 다시 만났다. 역시 영화를 보기 위해 영등포역에 있는 멀티플렉스 영화관에서였다. 이번에는 처음 만났을 때처럼 도형이와 도형이의 친구를 함께 만났다. 도형이는 영화를 재미없어 했다. 폭력이 난무하는 한국영화였는데 도형이는 시시하다고 했다. 그러고는 근처 식당에서 저녁을 먹을 때였다. 나는 자연스럽게 도형이의 근황을 물었다.

주_ 그때 말이야.

도형_ 예.

주_ 스카우트 한다고 했잖아.

도형_ 나가리 됐어요.

주_ 왜?

도형_ 그냥 …… 하기 싫어서. 아빠 보니까 좀 그렇기도 하고.

주_ 아빠한테 면회 갔어? 아빠가 이번엔 만나준 거야?

도형_ 응. 실실 웃기도 하고 그랬어요.

주_ 아빠가 뭐래?

도형_ 뭘 뭐래 …… 그냥 자기처럼 살지 말라고.

주_ 그래. 그럼 넌 지금 뭐해?

도형_ 지금은 이 ××랑 세차 알바해요.

주_ 힘들지 않아?

도형_ 힘들 거 뭐 있어요. 아침 일찍 일어나는 게 ×× 짜증나 그렇지.

주_ 도형아.

도형_ 예.

주_ 하나만 묻자. 그냥 솔직하게 대답했으면 좋겠어.

도형_ 말해요.

설명하기 어렵지만 도형이의 눈빛을 보는 순간 난 직감했다. 도형이는 내가 뭘 물을지 이미 짐작하고 있다는 느낌 말이다. 그리고 나역시 도형이가 어떤 대답을 할지 예상할 수 있었다.

주_ 솔직히 미안하지 않아?

도형_ 쌤.

주_ 응. 말해.

도형_ 안 미안하면 …… 그게 사람이에요?

주_ 그래?

도형_ 사람 막 죽이고 …… 때리고 낄낄거리고 …… 그런 거 즐기는 건 쌤처럼 시나리오 쓰는 거예요. 막장 드라마에만 나온다고요.

주_ 미안한데 왜 그랬어?

도형_ ×× 꼬이니까.

주_ 응?

도형_ 꼬이니까. 그러니까 …….

도형이는 뭔가 정확히 설명해주고 싶어 했다. 하지만 끝내 도형이는 말끝을 흐렸다. 난 도형이를 이해할 수 있었다. 난 도형이의 말이 진심이라고 생각했다. 그렇게 믿고 싶고 믿어야 했다. 그렇지 않고선 마음속에서 뜨겁게 밀고 올라오는 뭉클함, 그 안쓰러움을 설명할 길이 없으니까.

2014년 여름. 도형이는 화서역 근처에 있는 치킨집에서 알바를 하고 있다고 했다. 나는 도형이에게 연락을 했다. 하지만 도형이의 친구로부터 받은 바뀐 핸드폰 번호로 아무리 전화를 걸어도 도형이는 전화를 받지 않았다. 그렇게 일주일 간 씨름을 하던 어느 날 새벽 2시에 도형이가 내게 전화를 했다. 도형이는 핸드폰을 바꾸면서 주위 사람들 연락처를 저장하지 않았다고 설명을 늘어놓더니, 배달 일이 이렇게 바쁠 줄 몰랐다고 투덜거렸다.

"도대체 왜 화서역에서 알바를 하는 거야? 뭐, 수원이 고향이야?"

내 질문에 도형이는 덩치에 어울리지 않게 배시시 웃는 소리를 내며 대꾸했다.

"여친이 이 근처에 살아."

도형이에게 여자 친구가 생겼다는 말에 난 한참을 웃었다. 왜 웃었는지는 잘 모르겠다. 그냥 웃었다. 그리고 처음으로 도형이도 내가 만났던 아이들과 같은 또래라는 것을 느꼈다.

힘내지 않아도 괜찮아

우리는
질문해야 합니다.
묻지 않을 수 없습니다.

나는 지금
어디에 서 있지?

이 질문이
길 위에서 함께 걷는
그렇게 걷다 때론 주저앉고
때론 한숨짓는
우리 친구들에게

지워지지 않는

지독하게 선명해지고

또렷해지는 희망의 질문이 되길

기대해봅니다.

얘들아.

힘내지 않아도 괜찮아.

나는 어쩌다 꼰대가 되었나

새벽 네 시. 어린 원규의 인터뷰를 마치고 난 뒤에도 나는 자리에 그대로 앉아 있었다. 이제 내 부족한 인생의 현재진행형을 적어보고 싶었다. 나는 아메리카노를 한 잔 더 주문했다.

주_ 처음 낸 책이 뭐였어? 소설?

주원규_ 아니, 평론집. 그보다 더 오래 전에는 역할극이라고.

주_ 역할극? 그게 뭔데?

주원규_ 일종의 아이들 연극 대본 같은 거 있잖아. 그런 책 냈었어. 그게 아마 20대 중후반일걸.

주_ 그땐 작가하고 싶은 생각 없었어?

주원규_ 뭐 별로. 쓰고 싶기는 했지. 그렇지만 그때는 신학을 공부

하려고 해서.

주_ 독특하네. 그래. 신학 얘기는 조금 있다 하기로 하고. 그럼 본격적으로 낸 책은 뭐야? 작가가 되기로 결심한 책.

주원규_ 두 개가 있어. 둘 다 소설이고 같은 해에 펴냈어.

주_ 소설은 잘 쓰는 편이야?

주원규_ 무슨 질문이 그래? 잘 쓰고 말고가 어딨어?

주_ 빨리, 쉽게 쓰는 편이야, 아님 막 머리 싸매고 고민하는 편이냐고.

주원규_ 그런 질문이라면 …… 빨리, 쉽게 쓰는 편이긴 해. 하지만 그건 잘 쓰는 것하고는 차원이 달라.

주_ 뭐 그래. 그건 소설 쓰는 사람들 이야기니까 별로 재미없을 것 같고. 주로 무슨 소설 썼어?

주원규_ 잘 안 팔리는 거. 그런데 조금은 재밌는 거.

주_ 웃기네. 잘 안 팔리는데 재밌는 소설도 있어?

주원규_ 응. 내 소설은 그런 것 같아.

주_ 지금까지 몇 편 정도 썼는데?

주원규_ 응. 장편이 한 일곱 권 되는 것 같아.

주_ 몇 년 동안?

주원규_ 한 오 년?

주_ 빨리 쓴 거 맞네.

주원규_ 그런 것 같아.

주_ 즐거웠겠네.

주원규_ 무슨 질문이 그래?

주_ 소설을 일곱 권이나 펴냈으니 뿌듯하지 않아?

주원규_ 아니. 전혀.

주_ 안 즐거워? 즐겁잖아. 돈도 벌고.

주원규_ 돈을 별로 못 벌어. 차라리 다른 일을 하면 더 많이 벌지 않을까. 알면서 왜 그래?

주_ 그래. 그건 그렇지. 그래도 뭐랄까. 폼 나잖아? 나 작가야, 소설가야. 까불지 마. 이렇게 말하면.

주원규_ 이런 말하면 재수 없게 들릴지 모르겠는데, 그런 건 중요한 게 아니야. 물론 다른 사람들이 내 이야기에 귀 기울여주고 함께해주면 더 없이 기쁘지. 하지만 그 기쁨만이 작가의 보람은 아닐 거야.

주_ 그럼 뭐가 보람찬 일인데?

주원규_ 사실 아직까지 찾지 못하고 있어.

주_ 무슨 대답이 그래? 이야기 꾸미는 거 좋아한다며? 구라 치는 데 소질 있는 거잖아.

주원규_ 그건 사실이야. 그래서 이야기를 꾸미고 그걸 소설로 만들고, 그래서 책 내면 즐거워. 기쁘고. 하지만 난 그보다 다른 걸 찾고 싶어 하는 것 같아.

주_ 그보다 다른 거? 그게 뭐지?

주원규_ 하나는 표현하고 싶고 알려주고 싶은 욕망 같은 거겠지.

주_ 누구에게?

주원규_ 나처럼 이기적이고 외로운 사람들에게.

주_ 자신을 왜 이기적이고 외롭다고 생각해.

주원규_ 대체로 나란 사람, 그런 것 같으니까.

주_ 그래. 그거야 뭐. 생각하기 나름이니까. 그럼 두 번째 질문. 뭘 알려주고 싶은데?

주원규_ 그냥. 그냥 이야기하는 거. 누군가한테 "나 이야기하고 있어요."라고 들려주는 거.

주_ 거창하거나 심각할 줄 알았더니 ×나 싱겁네.

주원규_ 그런데 그게 난 절박하다.

주_ 그건 오래전부터 품고 있었던 원규, 너의 외로움과 이기심 때문에 그런 거야?

주원규_ 그럴지도 모르지.

주_ 그게 더 이기적일 거란 생각 안 해봤어? 들어달라고, 나 이야기하는 거 들어달라고 떼쓰는 거 같은데?

주원규_ 그것도 맞는 말이야. 하지만 신기한 게 하나 있어.

주_ 뭐가 신기한데?

주원규_ 내가 누군가한테 내 이야기를 들려주려고 하잖아. 그럼 꼭 듣게 돼.

주_ 뭘?

주원규_ 다른 사람의 이야기를. 그래서 난 이야기하는 게 좋아. 누군가 내 이야기를 들어준다는 건 내가 그 사람 이야기를 듣고 있다는 말 같아서 말이야.

주_ 좀 어렵긴 하지만 그럭저럭 이해할 수도 있을 것 같네.

새벽 다섯 시. 창밖을 내다보니 이른 새벽부터 출근길에 나선 사람들이 드문드문 눈에 띄었다. 내가 가장 늦게까지 깨어있는 줄 알았는데, 누군가는 나보다 일찍 깨어있었다. 하늘, 하늘 끝으로부터 푸른빛에 서서히 스며들기 시작한다.

주원규가 주원규를 인터뷰하는, 이 기묘한 작업도 마무리할 때가 되었다. 나는 힘을 내기로 했다. 그리고 별로, 그다지 말하고 싶지 않은 목사란 성직에 대해 주원규에게 물었다.

주_ 목사는 어떻게 된 거야?

주원규_ 참, 질문 저렴하다.

주_ 왠지 널 보면 목사가 된 이유가 별로 안 거창할 것 같아서.

주원규_ 다른 목사님들은 어떻게 보이는데?

주_ 막중한 소명, 타고난 선한 성격, 사람에 대한 넘치는 사랑. 목사님 하면 그런 게 가장 먼저 생각나잖아. 그런데 넌 전혀 안 그런 것 같아서 묻는 거야.

주원규_ 맞아. 바로 봤어. 난 다 아니야. 왜 목사가 되어야 하는지도 여전히 고민 중이고, 타고난 성격은 선하고 악한 거 다 떠나 너무 약해. 이리 붙었다 저리 붙었다 하는 게 꼭 박쥐 같아. 그리고 사랑? 그것도 잘 모르겠어. 내가 사람들을 정말 진심으로 마음 열어 사랑하고 있을까?

주_ 그런데 왜 목사가 된 거야? 다시 이 질문이네.

주원규_ 그래서 생각 중이야. 내가 왜 목사가 되었는지.

주_ 그럼 다르게 묻자. 신학은 왜 공부하게 된 거야?

주원규_ 그냥. 나 공대 다녔는데, 수학을 워낙 못해서. 학교 공부 적응도 안 되고.

주_ 그래서 신학을 공부했다고?

주원규_ 뭐든 집중할 게 필요했어. 그래서 도서관을 다녔는데, 도서관에서 한 권, 두 권 책을 읽다보니까 내가 신학 관련 책을 읽고 있더라고. 본능적이라고 해야 하나. 그래서 그 후부터 내가 좋아하고 관심 있어 하는 걸 배워보고 느껴보자는 마음으로 시작하게 된 것 같아.

주_ 신학을 공부한다고 해서 다 목사를 하는 건 아니잖아.

주원규_ 그렇지.

주_ 그런데 넌 어떻게 신학을 배우는 것도 모자라 목사까지 된 거야?

주원규_ 좀 추상적인 대답인데, 그건 막 파도 같아.

주_ 파도?

주원규_ 파도타기라고 해야 하나. 파도가 밀려오는데, 막 그 파도 안으로 몸을 던지고 싶어 근질근질하고. 그런데 한 번 휩쓸리면 돌이킬 수 없을 것 같고. 그래도 내던지고 싶고. 그랬어. 그래서 목사가 된 거야.

주_ 한 번에 알아듣긴 어려울 것 같네.

주원규_ 설명하긴 어렵지만 사실이 그래.

주_ 그래. 그럼 그 이유는 그쯤 하고. 가장 중요한 질문으로 돌아와보자.

주원규_ 뭔데?

주_ 막중한 소명, 타고난 선한 성격, 사람에 대한 넘치는 사랑. 그런 게 턱없이 부족한 네가 목사가 되고 싶었고, 이렇게 목사까지 된 진짜 이유 말이야.

주원규_ 가짜 이유, 진짜 이유. 이런 구분은 없다고 봐.

주_ 뭐가 되었든 상관없어. 말해봐.

주원규_ 굳이 말하라면 한 가지 이유? 말해도 되나.

주_ 말해. 말하고 빨리 끝내자. 밤샜더니 피곤하다.

주원규_ 욕먹을 거 같은데. 그딴 이유 때문에 목사 됐냐고 할 것 같아서.

주_ 괜찮아. 너는 지금도 좀, 아니 많이 이상하거든.

주원규_ 그래. 말하자. 뭐. 나 목사 된 이유? 그냥 하나야. 외롭지 않으려고.

주_ 너 자신이?

주원규_ 나 자신을 포함해 나와 함께하는 모든 사람들이. 외롭지 않았으면 좋겠어. 그게 이유야.

주_ 목사가 되면 외롭지 않을 수 있대?

주원규_ 그거야 모르지.

싱겁지만 인터뷰는 그렇게 끝이 났다. 나는 노트북을 닫고 4층에서 1층으로 향하는 계단을 한 걸음씩 내려와 커피전문점 밖으로 나왔다. 일단 춥지만 누우면 따뜻해지는 내 집으로 돌아가야지, 하는 생각뿐이었다. 한숨 푹 자고 그리고 다시 아이들의 이야기를 듣고 싶었다. 외롭지 않으려고. 내 이야기를 들려주려고.

힘내지 않아도 괜찮아

초판 1쇄 발행   2015년 1월 23일
지은이   주원규
펴낸이   김한청
편집   최가영
마케팅   오주형

펴낸곳   도서출판 다른
출판등록   2004년 9월 2일 제 2013-000194호
주소   서울시 마포구 동교로18길 13(서교동, 세원빌딩 2층)
전화   02-3143-6478
팩스   02-3143-6479
블로그   http://blog.naver.com/darun_pub
트위터   @darunpub
페이스북   http://www.facebook.com/darunpublishers
메일   khc15968@hanmail.net
ISBN   979-11-5633-036-3 (43810)

이 도서의 국립중앙도서관 출판시도서목록(CIP)은 서지정보유통지원시스템 홈페이지(http://seoji.nl.go.kr)와
국가자료공동목록시스템(http://www.nl.go.kr/kolisnet)에서 이용하실 수 있습니다.
(CIP제어번호: CIP2014038285)